Gustav von Moser

Kranke Familie

Schwank in drei Akten

Gustav von Moser

Kranke Familie
Schwank in drei Akten

ISBN/EAN: 9783743481190

Hergestellt in Europa, USA, Kanada, Australien, Japan

Cover: Foto ©Andreas Hilbeck / pixelio.de

Manufactured and distributed by brebook publishing software (www.brebook.com)

Gustav von Moser

Kranke Familie

Den Bühnen gegenüber als Manuscript gedruckt und dem **Theater-Commissions-Geschäft** von **H. Michaelson** in Berlin zum **ausschließlichen Bühnen-Debit** übergeben. **Geschriebene Exemplare** sind unrechtmäßig erworben.

G. v. Moser und W. Drost.

Eine kranke Familie.

Schwank in drei Akten,

von

G. v. Moser und W. Drost.

(In Berlin an Wallner's Theater mit entschiedenstem Erfolge zum beliebten Repertoirestück geworden.)

Berlin, 1862.

Schnellpressendruck von L. Kolbe, Leipziger Straße 86.

Personen.

Nagel, Rentier.
Minna, seine Frau.
Julius, Student, } deren Kinder.
Emma,
Wehlau, praktischer Arzt.
Wendel, Kaufmann.
Qualm, Barbier.
Dorothea, } Verwandte von Nagel.
Marie,
Commis, } bei Wendel.
Lehrling,
Johann, Diener } bei Nagel.
Jette, Stubenmädchen

Das Stück spielt in einer großen Stadt.

―――――

***) Diejenigen Bühnen, welche zwei Titel vorziehen, können das Stück nach Belieben nennen: **Eine kranke Familie, oder: Herr Humbugh.**

Erster Akt.

(Zimmer im Hause Nagel's; Thür in der Mitte — rechts Thür und Fenster, links Thür und Alkoven (oder zwei Thüren). Im Vordergrund rechts Tisch mit Toiletten-Spiegel und Sopha, links Tisch nebst Lehnstuhl und auf dem Tische Schreibzeug, Papier, Bücher-Medicinflaschen und Pulverbüchsen. Im Hintergrund rechts ein Douche-Apparat mit Vorhang, links eine spanische Wand. Rechts und links vom Zuschauer.)

Erste Scene.
Johann. (Dann) Jette.

Johann (sitzt auf's Sopha).

Schon wieder neun Uhr, und noch kein Mensch im ganzen Hause zu sehen. (Steht auf, reckt sich.) Ach, was sind das für Zeiten!

Jette (durch die Mitte).

Nun — Herr Johann, Sie vergessen wohl heut ganz das Frühstück — wir sind schon alle fertig damit!

Johann.

Ach — Jette — wie kann der Mensch denn frühstücken, wenn er keinen Hunger hat?

Jette
(sich mit Abstauben beschäftigend).

Keinen Hunger? Hahaha! Ihr Appetit war doch sonst immer sehr gut?

Johann.

Sonst! — Ja, — das ist es ja gerade! Sonst hatte ich um diese Zeit schon einen ganzen Wagen voll Zuckerhüte abgeladen, Fässer in die Keller gerollt, Heringstonnen in's Gewölbe geschafft, — da schmeckte das Frühstück! (Gähnend.) Aber jetzt, — seitdem wir Rentier geworden sind — seitdem ich diese Jacke anhabe, ist der Appetit reine weg.

1

Jette (lachend).

Wie traurig!

Johann.

Das ist noch nicht das Traurigste. — Man kommt durch das Nichtsthun auf allerhand dumme Gedanken.

Jette.

Kommen die bei Ihnen blos vom Nichtsthun?

Johann.

Ja wohl, — Jette. — Ich kenne Sie doch nun schon drei Jahre, und erst jetzt kommt mir vor, daß Sie eigentlich gar nicht übel sind. (Will sie umarmen.)

Jette.

Das ist freilich eine Dummheit, daß Sie das nicht eher gesehen haben!

Johann.

Nicht wahr? (Will sie wieder umarmen, fährt bei Nagel's Erscheinen zurück, und macht sich irgend eine Beschäftigung, welches Spiel sich in der folgenden Scene bei betreffenden Stellen stets wiederholt.)

Zweite Scene.

Vorige. Nagel, (Dann) Minna. Emma. Dorothea. Marie.

Nagel

(im Schlafrock, steckt den Kopf durch die erste Thür links).

Johann!

Johann.

Herr Nagel!

Nagel.

Der Doctor noch nicht dagewesen?

Johann.

Nein, Herr Nagel!

Nagel.

Mich gleich rufen, wenn er kommt! (Verschwindet wieder.)

Johann.

Jawohl, Herr Nagel! (Zu Jette.) Sehen Sie, liebe Jette — ja, wo waren wir denn stehen geblieben?

Jette.

Bei Ihrer Dummheit!

Johann.

Richtig, richtig, bei der Liebe; ich kann Ihnen wirklich sagen — (Will sie umarmen.)

Minna
(steckt den Kopf durch die zweite Thür links).
Der Herr Doctor noch nicht dagewesen?
Jette.
Nein, Madame Nagel.
Minna.
Ach, meine Nerven — wo er nur bleibt! (Verschwindet.)
Johann.
Na, die scheinen heute wieder 'mal ganz gesund zu sein. — Wenn's ihr in die Nerven fährt, dann geht's dem Alten in die Galle; dem Doctor geht's zu Leibe, und wir gehen in die Apotheke. — Ach, Jette, ich glaube, es ist doch ein Zeichen von Gesundheit, wenn man verliebt ist, wenn einem immer so umfassrig zu Muthe ist — (Will sie umarmen.)
Jette.
Aus langer Weile — — dafür dank' ich!
Johann.
Unsinn! — Aus Gefühl! (Fahren bei Emma's Erscheinen auseinander.)
Emma
(den Kopf durch die Thür rechts steckend).
Jette, ist der Herr Doctor noch nicht hier?
Jette.
Nein, noch nicht!
Emma.
Ich will ihn sprechen, wenn er kommt! (Verschwindet.)
Jette.
Ist gut, Fräulein Emma!
Johann (etwas mürrisch).
Heute kann man vor lauter Doctor und immer Doctor zu keinem vernünftigen Wort kommen! (Nähert sich Jetten wieder.) Lassen Sie doch das Aufräumen, Jette, und hören Sie ein Bischen auf mich! (Will sie umarmen.)
Dorothea
(aus der zweiten Thür links, tritt einen Schritt heraus, steife Haltung, stets strickend).
Ist der Herr Doctor noch nicht dagewesen?
Johann (brummend).
Nein! —
Jette.
Er kommt auch noch lange nicht!
Dorothea (schwer hörend).
Er spricht —? Mit wem spricht er? —
Johann (sehr laut).
Er ist noch gar nicht da!

1*

                    Jette (sehr laut).

Noch nicht da!

                    Dorothea.

Ach so! Hm, hm — (Geht wieder ab.)

                    Johann.

Nanu werden wir doch endlich mal Ruhe haben. — (Will sie umarmen.)

                    Marie
              (durch die Mitte in Hut und Mantille).

Ist der Herr Doctor noch nicht hier gewesen?

                    Jette.

Nein, Fräulein Marie!

                    Marie (bei Sette).

So komme ich noch zur rechten Zeit! (Laut.) Ich will Toilette machen, Du sollst mir helfen, Jette! (Ab nach rechts.)

                    Jette.

Ich komme sogleich! (Will ihr folgen.)

                    Johann (Jette aufhaltend).

Bleiben Sie doch noch ein Bischen — Jettchen. (Will sie umarmen.)

                    Jette.

Nein, nein, lassen Sie mich! — Ach, der junge Herr! (Reißt sich los, schnell ab nach rechts.)

Dritte Scene.
Julius. Johann.

                    Julius
        (durch die Mitte, sehr kläglich — wie in Katzenjammer).

Ist der Herr Doctor noch nicht hier gewesen?

                    Johann.

Mein Gott, wie sehn Sie denn aus, Herr Julius?

                    Julius.

Ach, mir ist sehr schlecht! — Hat man gemerkt, daß ich die Nacht nicht nach Hause gekommen bin?

                    Johann.

Die Andern nicht, nur die Tante!

                    Julius.

O weh!

                    Johann.

Ich habe aber gesagt, Sie wären die ganze Nacht nicht in's Bett gekommen, weil Sie studirt hätten, und wären heut schon ganz früh in's Collegium gegangen!

                    Julius (klagend).

Ach! —

Johann.

Sie haben heute Nacht wohl ein Bischen zu viel studiert? (Macht die Bewegung des Trinkens.) Wie?

Julius.

Ach, ist mir miserabel!

Johann.

Aber was ist Ihnen denn nur?

Julius.

Ach, Johann, ich bin diese Nacht Renommir-Fuchs geworden.

Johann.

Renommir-Fuchs?! Das klingt ja schrecklich! Und das bekommt Einem so schlecht?

Julius.

Mir ist schauderhaft zu Muthe!

Johann.

Ach so! — Die Krankheit kenn' ich! Nu warten Sie, geben Sie mir mal zwei Groschen, ich werde Ihnen gleich ein wunderschönes Mittel bringen.

Julius (Geld gebend).

Hier! — Aber — Du — etwas sehr Wirksames muß es sein!

Johann.

Na — ob! (Ab durch die Mitte.)

Julius.

Mir ist doch zu Muthe, als wäre mein Kopf dreimal dicker als an andern Tagen; ich glaube wirklich, die Mütze wird mir schon zu eng. (Nimmt sie ab.) Ach, und so müde ich kann die Augen kaum mehr aufhalten. (Setzt sich in die Sopha-Ecke.) Ich muß Ruhe haben. (Gähnt — schließt die Augen.) Ach!

Vierte Scene.

Nagel. (Dann) **Emma. Julius** (schlafend).

Nagel

(von links, im Schlafrock, hält drei Briefe in der Hand).

Wieder drei Geschäftsbriefe, 's ist zu ärgerlich! Ich will keine Geschäfte mehr machen; wozu hätte ich denn mein Geschäft aufgegeben, wenn ich mir täglich wieder neue Sorgen aufbürden wollte. (Setzt sich links in den Lehnstuhl — ruft.) Emma! — Ruhe will ich — Gesundheit will ich, aber gar keine Geschäfte will ich!

Emma

(schnell und geräuschvoll durch die Thür rechts).

Guten Morgen, Papa!

Nagel (zusammenfahrend).

Ihr sollt nicht die Thüren so aufreißen — es ist gerade, als wenn ein Wirbelwind in's Zimmer stürzte.

Emma.

Verzeih', lieber Vater, ich wußte nicht, daß Du so leidend seiest!

Nagel.

Ach was, jeder Mensch hat Nerven, und je anständiger der Mensch ist, desto mehr Nerven hat er — ich habe sehr viel Nerven! — Das hab' ich Euch schon hundert Mal gesagt!

Emma.

Ja, aber Du rief'st mich — was wünschest Du, lieber Vater?

Nagel.

Hier sind drei Briefe, die Du mir beantworten sollst, mein Kind — so kurz wie möglich, alles abschläglich — (während er die Briefe öffnet, stellt sich Emma hinter seinen Stuhl und sieht hinein) Die Menschen sollen mich in Frieden lassen, ich kaufe nichts, gar nichts! — Aber — Du — steh' nicht so hinter meinem Rücken, das regt mich auf. (Zieht sie neben sich.)

Emma.

Früher war Dir das ganz egal, Papa!

Nagel.

Früher! Unsinn! Da hatte ich so viel zu thun, daß ich auf meinen Körper nicht achten konnte. Da, hier sind die Briefe! — Sag' mal, wie seh' ich heut aus, mein Kind, aber sag' mir die Wahrheit!

Emma.

Papa, wie immer — wahrhaftig!

Nagel.

Wie immer? — Unsinn!

Emma (heiter).

Nun, wenn ich ganz offen sein soll, — ein klein wenig brummig, Papa!

Nagel.

Brummig?! — Unsinn! — Die Laune ist keine wollene Unterjacke, die man aus- und anziehen kann, wie man will. (Ein Buch aufschlagend.) Hier steht's drin; — da — „durch das Reagiren der Leber wird der Gemüthszustand des Menschen entschieden alterirt —" ich will wissen, wie ich aussehe, gelb oder bleich? —

Emma.

Von gelb keine Spur — Papa — eher blaß!

Nagel (erschrocken).

Blaß — da haben wir's! Sitzt mir doch am Ende in der Milz — ja, ja, ich fühle es heute mehr als sonst!

Emma.

Ach, mein Gott, ich sage ja nur eher blaß, als gelb — eigentlich siehst Du röther aus, wie gewöhnlich!

Nagel.

Röther wie gewöhnlich! (Schlägt im Buche nach.) Warte 'mal: „Auffallende Röthe — Zeichen von Congestionen nach dem Kopfe!" Himmel — (erschreckt) gieb mir gleich 'mal ein Brausepulver!

Emma.

Aber lieber Vater —

Nagel.

Weiter fehlte mir nichts als ein Schlaganfall — gieb mir 'mal den Spiegel! —

Emma.

Hier, Väterchen!

Nagel
(sieht in den Spiegel).

Meine Zunge ist sehr belegt!

Emma.

Belegt! — das ist ja eine wahre Kapitalzunge, Papa!

Nagel (ängstlich).

Ja wohl — sie wird wahrhaftig immer länger, und meine Pupille wird immer größer!

Emma.

Natürlich, lieber Vater!

Nagel.

Natürlich?! —

Emma.

Unsere Marie ist ja auch Deine Pupille —

Nagel.

Ach, laß die schlechten Scherze, wenn es sich um so fürchterliche Dinge handelt, wie die Gesundheit ist —! Setz' Dich dorthin und schreibe mir die Briefe. (Nimmt ein Buch.)

Emma.

Sogleich, Papa! (Geht nach dem Sopha und will sich setzen, sieht Julius, erschrickt und schreit laut auf.) Ach!

Nagel (zusammenfahrend).

Herr Gott — erschreck' mich doch nicht so — was ist denn?

Fünfte Scene.

Minna (von links). **Vorige.** (Dann) **Dorothea. Johann.**

Minna.

Meine Nerven — wer schreit denn so — Du, Nagel?

Emma.

Ach — ich hätte mich beinahe auf ihn gesetzt — der Julius!

Minna.

Der Julius?! — Das Kind ist doch nicht krank?

Nagel
(ist an das Sopha getreten).

Der Julius!

Julius (im Schlaf).

Ich komme Dir einen Ganzen, altes Haus!

Nagel.

Mein Gott — er phantasirt wohl. (Schüttelt ihn.) Julius — Julius!

Julius
(erwachend, reibt sich die Augen).

Guten Abend, lieber Vater!

Nagel.

Kind, was ist Dir begegnet — wie siehst Du aus?

Julius (sich ermunternd).

Es ist — es war — es war so warm im Colleg, — ich weiß selbst nicht, wie mir ist.

Minna.

Das kommt von dem vielen Studiren — ich hab' es ja immer gesagt. — Das Kind hat ganz meine nervöse Constitution, — ach, was werde ich noch Alles erleben müssen!

Nagel.

Mein Gott, beruhige Dich nur! (Fächelt ihr Luft zu.)

Dorothea
(von links, steif und strickend).

Minna.

Denke Dir, Dorothea, der Julius ist krank!

Dorothea (trocken).

Ja — recht schönes Wetter heute!

Nagel
(ist zum Tisch links gegangen und holt eine Schachtel mit Pillen — laut).

Der Julius ist krank?

Dorothea.
Ja — schlank ist er, der Julius!

Nagel.
Herr Gott! — (Sehr laut.) Krank ist er —, mein' ich!

Dorothea.
Krank ist er? — was Ihr sagt!

Julius.
Es wird schon wieder vorübergehen!

Dorothea.
Soll ich meine Hoffmannstropfen holen? —

Nagel (schreiend).
Unsinn! (Zu Julius.) Hier nimm ein paar Beruhigungspillen!

Minna
(durch das Schreien nervös).
O! — mein Kopf —, — nein — keine Pillen, mein Kind, — ich werde Dir von meinen Hamburger Tropfen etwas geben.

Nagel.
Die sind viel zu schwach — vor allen Dingen muß er transpiriren — sein Kopf brennt ja! (Fühlt ihn an.)

Dorothea.
Ja — Potsdamer Balsam ist gut!

Minna.
Komm', mein Engelchen, geh' nur auf Dein Zimmer, ich werde Dir gleich Thee besorgen. (Wischt ihm die Stirn.)

Julius.
Bitte, keinen Thee, Mama!

Nagel.
Wenn doch nur der Doctor käme!

Johann
(durch die Mitte, mit einem Teller).
Hier ist er!

Nagel. Minna. Emma.
Der Doctor?

Johann (bestürzt).
Nee — ein saurer Hering — für Herrn Julius!

Minna.
Was soll denn das Kind jetzt mit einem sauren Hering?

Johann.
Hm — vielleicht zu anatomischen Studien, Madame!

Minna.
Jetzt kannst Du nicht studiren, Julius, komm' — leg' Dich zu Bett, mein Kind!

Julius.
Ach! —
Nagel.
Schnell in's Bett. (Minna und Nagel führen Julius ab durch die Mitte.)
Dorothea.
Ja, die freie Luft wird ihm gut thun.
(Ab links.)
Emma.
Mir scheint, das ist kein schwerer Patient!
(Ab rechts.)
Johann
(allein — hat in der Mitte gestanden und abwechselnd die Abgehenden und den Hering betrachtet).
Nun lassen sie uns Beide hier allein. — Hm! — wie schön sauer er riecht. Ich fürchte, er wird Einem in die unrechte Kehle kommen. — Er sieht mich so heißhungrig an — — dem Mann kann geholfen werden.
(Ab durch die Mitte.)

Sechste Scene.

Wendel, Wehlau (durch die Mitte).

Wehlau.
So, lieber Freund, endlich hätt' ich Dich hier. Jetzt nimm Dich zusammen — lege Deine angeborne Bescheidenheit und Schüchternheit auf eine halbe Stunde ab. —
Wendel.
Ach, wenn ich das könnte, Wehlau!
Wehlau.
Nun, wenn Du das nicht kannst, — dann bist Du eines so liebenswürdigen Wesens, wie Fräulein Emma ist, gar nicht werth.
Wendel.
Das bin ich eigentlich auch nicht; und dann komm' ich mir diesen reichen Leuten gegenüber so klein und unbedeutend vor — das ist auch der Grund, weshalb ich bisher vermieden habe, dieses Haus zu betreten.
Wehlau.
Ja, und wenn mich Deine Zukünftige nicht in's Vertrauen gezogen hätte, — ich Dich heute nicht halb gezwungen, mitzugehen, — dann schmachtetest Du vielleicht noch zwei Jahre herum, — und sie nähme sich inzwischen einen andern Mann, der weniger furchtsam ist!

Wendel.
Es ist wirklich nicht Furcht, Doctor, ich bin nur bescheiden!

Wehlau.
Nur keine übertriebene Bescheidenheit, damit kommt man heutzutage nicht durch die Welt. Der Mensch muß immer mehr aus sich machen, als an ihm ist, — sonst machen die Andern sich gar nichts aus ihm! — Und vor Allem muß ein Kaufmann nicht zu bescheiden sein — weder in Geschäften, noch in der Liebe, sonst setzt er nichts um, und verliert sowohl die Liebe zum Geschäft, als auch im Geschäft der Liebe. — Es geht uns Aerzten ebenso, — je unbescheidener, respective je gröber wir die Kranken behandeln, desto mehr Kundschaft haben wir!

Wendel.
Ich weiß, Du bist nicht nur ein praktischer Arzt, sondern auch ein praktischer Mensch, — ich will deshalb Deiner Verordnung folgen — trotzdem es meiner Natur widerstrebt, — aber die Liebe soll mich stärken und begeistern!

Wehlau.
Begeistern — ja — Stärken — nein; die Liebe schwächt den Menschen. Sie ist ein unnatürlicher Zustand und erzeugt Herzklopfen, starken Pulsschlag — Melancholie, Schlaflosigkeit, Mondsucht, Nachtwandeln und vorzugsweise — Schwindel!

Wendel.
Ja, ja — ich kenne alle diese Zustände an mir selbst.

Wehlau.
Deshalb ist es die höchste Zeit, daß Du heirathest — damit die Liebe nicht chronisch wird. Gegen die Liebe giebt es überhaupt nur ein Palliativ, das ist die Ehe. Also frisch gewagt, bringe Deine Bewerbung an, erquicke Dich mit dem Jawort, — laß Dich baldmöglichst trauen — mache die unvermeidliche Hochzeitsreise, und wenn Du zurückkommst, ist der ganze Schwindel vorbei!

Wendel.
Man sieht, daß Du noch nie geliebt hast!

Wehlau.
Oho, ich liebe auch, aber nur vom wissenschaftlichen Standpunkte aus, — meine Patienten, wenn sie recht krank sind — — Doch nun, lieber Freund, überlasse ich Dich Deinem Schicksal, denke daran: dem Muthigen gehört die Welt! (Will fort.)

Wendel (hält ihn).
Du willst schon gehen?
Wehlau.
Ja, ich habe noch einige schwere Patienten zu besuchen, in einer halben Stunde bin ich wieder da!
Wendel.
Bleib' doch! Hier sind ja, denk' ich, auch Patienten?
Wehlau (seufzend).
Ja, die schlimmste Sorte! Menschen, die eigentlich nicht krank sind. Die Einzige, die mir Sorge macht, ist Fräulein Marie; es ist zwar auch noch keine Gefahr, aber ich bin mir über ihren Zustand selbst nicht klar! — Also, auf Wiedersehen. —
Wendel (ängstlich).
Du wirst mich doch nicht allein lassen? (Hält ihn.)
Wehlau.
Gewiß, denn wenn mich Herr Nagel hier trifft, dann würdest Du vor medicinischen Auseinandersetzungen mit Deinen Liebesangelegenheiten gar nicht zu Worte kommen.
Wendel.
Bedenke doch, daß er mich gar nicht kennt!
Wehlau.
Ach was! Recipe: Du sagst: „Sie sind Herr Nagel, ich bin Herr Wendel"; dann weiß er, wer Du bist, und Du weißt, wer er ist; dann sagst Du, „ich liebe Ihre Tochter", dann weiß er, was Du willst, und dann sagt er entweder ja oder nein, und dann weißt Du, was er will! Misceturr, detur, signetur.
(Schnell durch die Mitte.)

Siebente Scene.
Wendel (allein. Dann) Nagel.

Wendel (nachrufend).
Wehlau! (Kehrt zurück.) Weg ist er! Das klingt Alles so einfach, was er da sagt, — (seufzend) aber es wird mir doch recht schwer werden! Ich weiß nicht, mit Fräulein Emma konnte ich leichter reden; schon mit einem Blick sagte ich ihr so viel, und dann mit einem Blick sagte sie mir wieder so viel; — dann schüttete ich ihr mit einem Händedruck so mein ganzes Herz aus, und dann antwortete sie mir wieder mit einem Händedruck so unendlich viel! — Jetzt mit dem Vater wird die Unterhandlung viel weitläufiger werden! — Ah — da ist er! (Tritt in den Hintergrund, daß ihn der eintretende Nagel nicht gleich sieht.)

Nagel
(durch die Mitte, nachdenkend).

Unbegreiflich, plötzliche Erkrankung. — Hm! — Sollte die trockene Luft daran Schuld sein? Ich entsinne mich nicht, das Symptom irgendwo aufgefunden zu haben. (Setzt sich und blättert in einem Buche.) Er klagt über dicken Kopf. (Sucht.) Dicker Kopf! Dicker Kopf — Zeichen von Wassersucht — hm! Wasser hat er aber nie viel getrunken! — Sollte es die Seekrankheit sein?

Wendel (hustend).
Hm, hm!

Nagel.
Es kann aber auch Fieber sein! Auf alle Fälle werde ich von meinen englischen Pillen gegen Ansteckung nehmen. (Nimmt Pillen.)

Wendel (vortretend).
Mein Herr!

Nagel.
Jemand da?

Wendel
(mehr vortretend und sehr bescheiden).

Habe ich die Ehre Herrn Nagel zu sprechen?

Nagel.
Nagel ist mein Name!

Wendel.
Ich heiße Wendel, ich bin Kaufmann!

Nagel (bei Seite).
Wahrscheinlich ein Reisender! (Laut.) Ich bin so eben sehr beschäftigt.

Wendel (schüchtern).
Ich wollte mir nur erlauben — (Läßt seinen Hut fallen, hebt ihn wieder auf.) Entschuldigen Sie!

Nagel.
Thut mir leid, — ich brauche nichts, — ich trinke weder Wein, noch rauche ich Cigarren — ich danke Ihnen.

Wendel.
Ich wollte auch weder von Cigarren, noch von Wein sprechen, — mein Geschäft ist anderer Art.

Nagel.
Ich mache gar keine Geschäfte mehr! — (Er blättert in seinen Büchern.)

Wendel.
Es giebt doch Fälle — wo man —

Nagel.

Nein, durchaus nicht, für mich giebt es gar keine Fälle — ich bin nicht mehr Kaufmann, ich danke!

Wendel.

Wenn Sie nur die Güte haben wollten, einmal zu probiren, mich anzuhören —

Nagel (steht auf).

Ich probire nichts, — bemühen Sie sich nicht weiter, junger Mann, — Sie verlieren nur unnütz Ihre Zeit; ich habe überhaupt jetzt andere Dinge im Kopf. (Setzte sich an den Tisch und liest.)

Wendel.

Bitte! (Bei Seite.) Ich muß noch einen Versuch machen. (Vortretend.) Ich hatte die Ehre, diesen Winter zweimal mit Ihrer Fräulein Tochter zu tanzen — —

Nagel
(liest weiter, ohne auf ihn zu hören).

Wendel (etwas dreister).

Ich hatte die Ehre, diesen Winter zweimal mit Ihrer Fräulein Tochter zu tanzen —

Nagel (ärgerlich).

Das ist doch zu arg! Glauben Sie denn, weil Sie mit meiner Tochter getanzt haben, können Sie mir da wer weiß was anschmieren? Lassen Sie mich in Ruh', und wenn ich Ihnen einen guten Rath geben soll, so gewöhnen Sie sich die Zudringlichkeit ab.

Achte Scene.
Vorige. Minna.

Minna (durch die Mitte).

Ach, mein Gott, Nagel, dem Julius geht es immer übler!

Nagel (steht auf).

Immer übler, — wenn der Doctor nur bald käme. — Vorige Pfingsten hat der Junge eine Reise nach Rügen gemacht, — wenn es am Ende doch die Seekrankheit wäre!
(Links ab.)

Wendel (bei Seite).

Aha! Die Mutter!

Minna (suchend).

Wo hat denn mein Mann nur die niederschlagenden Pulver hingelegt? (Sucht immer weiter, während Wendel spricht.)

Wendel.

Entschuldigen Sie, daß ich mir die Freiheit nehme, mich Ihnen vorzustellen, mein Name ist Wendel, ich bin Kaufmann. —

Minna (ganz beiläufig).

Sehr angenehm. (Kleine Pause.)

Wendel.

Sie scheinen Etwas zu suchen, Madame, ich suchte auch vorhin mit Herrn Nagel —

Minna.

Die Schachtel mit Pulver?

Wendel.

Um Vergebung — ich suchte, mit Herrn Nagel in einer für mich höchst wichtigen Angelegenheit —

Minna.

Sie müssen meinen Mann heut entschuldigen, mein Herr! Wir haben ein sehr krankes Kind!

Wendel.

(erschrocken, tritt näher, läßt den Hut fallen).

Ihre Tochter — mein Gott!

Minna (zusammenschreckend).

Ach — wie bin ich erschrocken — meine Nerven!

Wendel.

Ist Ihre Tochter sehr krank?

Minna.

Nein, unser Sohn ist leidend!

Wendel.

Gott sei Dank!

Minna (bei Seite, entrüstet).

Gott sei Dank? Was ist das für ein Mensch!

Wendel.

Madame, ich hatte die Ehre, diesen Winter zweimal mit Ihrer Fräulein Tochter zu tanzen — —

Minna.

Es handelt sich aber heut um unsern Julius. Wo ist nur das Pulver? (Sucht wieder.)

Wendel (bei Seite).

Das unglückliche Pulver, ich werde wenigstens mitsuchen. — (Sucht mit.) Madame, obgleich der Moment nicht geeignet erscheinen mag, so wage ich es doch noch einmal: (Wirft ein Glas vom Tisch.) O — weh, verzeihen Sie — —

Minna.

Ach, mein fliegendes Salz. Schrecklicher Mensch! — (Ruft.) Johann! — Johann!

Wendel (bei Seite).

Johann?! Sie wird mich doch nicht an die Luft setzen lassen. (Sucht die Scherben zusammen.)

Johann (durch die Mitte).

Madame!

Minna.

Hole schnell aus der Apotheke eine Flasche fliegendes Salz.

Johann.

Ich fliege!

Wendel.

Verzeihen Sie nur!

Minna.

Wenn ich meine Beklemmungen bekomme und habe kein fliegendes Salz — entsetzlich! (Sieht Wendel wüthend an.) Ich kann ja des Todes sein! (Ab links.)

Neunte Scene.
Johann. Wendel.

Johann.

Nu, was will denn der?

Wendel.

Mein Lieber, mein Name ist Wendel, ich bin Kaufmann! —

Johann.

Sind wir auch lange gewesen!

Wendel.

Ich habe sehr nöthig mit Herrn Nagel zu sprechen.

Johann.

Da müssen Sie ein andermal wiederkommen — dann will ich sehen — (hält die offene Hand hin) was sich thun läßt.

Wendel (giebt ihm die Hand).

Ich danke Ihnen!

Johann
(greift mit der Hand, als ob er etwas fassen wollte).

Scheint kein Begriffsvermögen zu haben —! — Was wollen Sie denn eigentlich?

Wendel.

Ich hatte nämlich die Ehre, vorigen Winter mit der Tochter des Herrn Nagel zweimal zu tanzen.

Johann (sieht sich in die leere Hand).

J — das muß wirklich sehr nett gewesen sein! —

(Ab durch die Mitte.)

Wendel (allein).

Jetzt bin ich so klug, wie vorher. Kein Mensch läßt

mich zu Worte gekommen — und ich habe doch in Zu=
bringlichkeit das Möglichste geleistet. Daß auch gerade heut
dieser Sohn krank werden muß — das kann wirklich nur
mir paſſiren. Wie wird Wehlau über mich ſpotten, wenn
ich ihm ſagen muß, daß ich eigentlich nichts geſagt habe!

Zehnte Scene.
Dorothea. Wendel.

Dorothea (von links, ſtrickend).
Jetzt wird wohl der Arzt ſchon da ſein!
Wendel.
Entſchuldigen Sie, Madame, ich bin Ihnen fremd,
jedoch —
Dorothea.
Ich danke ſchön, es geht wieder beſſer mit meinem
Neffen. — Gott ſei Dank! — Ja —
Wendel.
So, das freut mich! (Bei Seite.) Die Tante, vielleicht
der gute Geiſt des Hauſes. Ich mache noch einen Verſuch.
(Laut.) Mein Name iſt Wendel, ich bin Kaufmann —
Dorothea
(immer ſtrickend und nichts hörend).
Sehen Sie, der arme Junge, der Julius ſtudirt zu viel,
es war ihm im Colleg heut zu warm!
Wendel (für ſich).
Immer der Julius! — Es iſt zum Verzweifeln. (Laut.)
Madame, mich führt eine eigene Veranlaſſung in dieſes
Haus.
Dorothea.
Der Julius wird ſich recht freuen, daß ſeine Freunde
ſo theilnehmend ſind. Wollen Sie nicht Platz nehmen? —
(Setzt ſich links und ſtrickt ruhig fort.)
Wendel (bleibt stehen).
Sie ſind ſehr gütig, — Ihre Freundlichkeit läßt mich
hoffen, daß es mir gelingen dürfte, Ihnen einiges Intereſſe
für meine Perſon einzuflößen.
Dorothea.
Sie waren wohl mit Julius zuſammen auf der Schule!
Wendel.
Nein, Madame, aber ich hatte die Ehre, dieſen Winter
zweimal mit Ihrer Fräulein Nichte zu tanzen.
Dorothea
(hat das letzte Wort verſtanden).
O! — tanzen — eine ſehr nette Unterhaltung für junge
Leute!

Wendel.
Ja! Ich hatte das Glück, auch näher mit Ihrer Fräulein Nichte bekannt zu werden.
Dorothea.
Zu meiner Zeit war das Menuett sehr in der Mode, mein Herr!
Wendel (kurz).
Sie übte einen so magischen Zauber auf mich aus — daß — daß ich es als das höchste Glück betrachten würde, diesen Engel mein nennen zu dürfen. (Bei Seite.) Es ist heraus!
Dorothea (bei Seite).
Ein ganz hübscher Mensch — Schade, daß er gar so undeutlich spricht.
Wendel (bei Seite).
Sie sieht immer noch freundlich aus — ich kann noch deutlicher werden! (Laut.) Mit einem Worte, Madame, ich habe mich sterblich in Ihre Nichte verliebt und kam heute hierher in der Absicht, in aller Form um ihre Hand anzuhalten.
Dorothea (strickend).
Ja — Ja —
Wendel.
O, wie wohl thut es einem liebenden Herzen, zu sehen, daß es nicht zurückgestoßen wird. Sie haben Einfluß hier im Hause, Ihnen legen wir getrost unser Glück an's Herz — Ihnen wird es gelingen, zwei Liebende zu vereinen, Madame, und unserer ewigen Dankbarkeit können Sie versichert sein. —
Dorothea (nach kleiner Pause).
Waren Sie in diesem Jahr schon im zoologischen Garten?
Wendel (perpler).
Im zoologischen Garten?! Mein Gott, Madame, scherzen Sie nicht mit meinen heiligsten Gefühlen.
Dorothea.
Ja, die kleinen Känguruhs sind gar zu niedlich —
Wendel (bei Seite).
Känguruhs. Mein Gott, Madame, habe ich mich denn so undeutlich ausgedrückt?
Dorothea (unerschütterlich und ruhig).
Wir fahren mit dem Omnibus fast jede Woche einmal hinaus!
Wendel.
Ist das menschenmöglich?

Eilfte Scene.
Wehlau. Vorige. (Dann) **Nagel.**

Wehlau (durch die Mitte).
Nun — wie steht's, Wendel?

Wendel.
Du kommst zur rechten Zeit, lieber Freund, denn ich bin nahe daran, meinen Verstand zu verlieren!

Wehlau.
Das ist natürlich — Du willst ja heirathen!

Wendel.
Sag' mir nur — was fehlt denn der Dame — ist sie — (Zeigt auf die Stirn.)

Wehlau.
Nein — das nicht, nur — stark taub!

Wendel.
Taub — nein — da hört Alles auf! — (Stürzt fort und stößt auf Nagel, welcher durch die Mitte eintritt.)

Nagel (durch die Mitte).
Herr des Lebens — ist der Mensch auch noch hier — Au, mein Magen!

Wendel.
Entschuldigen Sie — bitte recht sehr! — (Will wieder durch die Mitte und stößt auf Minna.) Es ist wahrhaftig nicht gern geschehen — ich stoße heut überall an.
(Durch die Mitte ab.)

Zwölfte Scene.
Minna. Nagel. Wehlau. Dorothea.

Minna (durch die Mitte).
O — Hat denn der Mensch keine Augen? Nun, lieber Herr Doctor, wie steht's denn mit unserem Julius?

Wehlau.
Seien Sie unbesorgt, Madame — einige Stunden Schlaf, und er wird wieder ganz munter sein — nichts von Bedeutung. —

Nagel.
Nichts von Bedeutung! Das sagen Sie mir auch immer, wenn ich halbtodt bin. —

Minna.
Es muß ihm doch etwas fehlen?

Nagel.
Die Krankheit muß doch einen Namen haben?

Wehlau.
Mein Gott, wenn Sie durchaus wollen, — eine kleine Ueberreizung der Nerven!"
Minna.
Ganz gewiß keine kleine Ueberreizung, sein ganzes Nervensystem ist erschüttert. — Mit den Nerven ist nicht zu spaßen, das kenne ich aus Erfahrung. —
Nagel.
Sie nehmen die Sache zu leicht, meine Frau hat Recht — unsere ganze Familie ist nervös!
Wehlau (bei Seite).
Die ganze Familie bringt mich mit ihren Nerven noch zur Verzweiflung.
Nagel.
Man fühlt das doppelt, wenn man selbst leidend ist. Meine Zunge ist heut wieder ganz belegt — in der linken Seite habe ich fortwährend Brustschmerzen — rechts einen ewigen Druck — bitte — fühlen Sie 'mal meinen Puls.
Wehlau (hat gefühlt).
Ganz normal!
Minna.
Bitte, meinen auch, lieber Doctor!
Wehlau.
Ebenfalls in Ordnung. Sie sind Beide vollständig gesund!
Minna.
Ach Du mein Gott — wir sollen gesund sein, Nagel — wir gesund!
Nagel.
Als wenn ich mir nur einen Doctor hielte, um alle Tage zu hören, daß ich gesund bin. — Wenn ich gesund wäre, so würde ich doch hier (faßt sich in die rechte Seite) nicht Schmerzen haben, wenn ich hinfasse!
Wehlau.
Also nur, wenn Sie hinfassen?
Nagel.
Ja.
Wehlau.
Dann fassen Sie nicht mehr hin — das ist sehr einfach. — Ihre ganze Krankheit besteht darin, daß Sie zu viel über sich nachdenken, sich immer was Anderes einbilden! — Sie machen sich zu wenig Bewegung!
Nagel.
Das habe ich auch nicht nöthig!
Wehlau.
Sie leben nicht einfach genug — speisen zu gut — —

Minna.
Wir können's ja haben — Gott sei Dank — das Vermögen ist da!
Wehlau.
Sie müssen sich mehr Beschäftigung machen — arbeiten.
Nagel.
Ih — das brauch' ich ja nicht.
Wehlau.
Alle Tage etwas Holz hacken!
Nagel.
Holz hacken! So? Weiter fehlte mir nichts!
Wehlau.
Nein — weiter fehlt Ihnen wirklich nichts! — Doch nun empfehle ich mich für heute — ich habe noch einige schwere Kranke. —
Minna.
Nein, Herr Doctor, — so kommen Sie uns heut nicht fort — bitte, nehmen Sie noch einen Augenblick Platz.
Nagel.
Ja — ja — ich habe mir da einen Auszug aus meinem medicinischen Lerikon gemacht — — warten Sie noch einen Augenblick. *(Ab links erste Thür.)*
Minna.
Jawohl — ich hole Ihnen auch meine Notizen!
(Ab links zweite Thür.)
Dorothea *(für sich)*.
Ich werde dem Herrn Doctor meinen kleinen Joli holen! *(Ab nach links zweite Thür.)*

Dreizehnte Scene.
Wehlau (allein. Dann) Emma. Marie.
Wehlau.
„Doch der schrecklichste der Schrecken das ist der Mensch in seinem Wahn!" Göttlicher Schiller. Du hast nur zu Recht. Die medicinische Wissenschaft ist heutzutage zwar sehr weit fortgeschritten — aber den Unverstand zu kuriren — das wäre auch für einen neuen Hyppokrates eine zu schwere Aufgabe.
Emma
(von rechts, führt Marie an der Hand).
Nein, nein — ich laß' Dich nicht. *(Zu Wehlau.)* Herr Doctor — hier bringe ich Ihnen wirklich eine Patientin. —
Marie.
Glauben Sie das nicht, Herr Doctor!

Emma.

Jetzt laß mich nur einmal reden. Sie haben ja früher selbst gesehen, wie munter und ausgelassen sie immer war. Sie lachte und scherzte und sang den ganzen Tag, wie eine Lerche!

Wehlau.

Allerdings ist mir eine Veränderung selbst schon aufgefallen!

Emma.

Nicht wahr! — Jetzt ist sie wie ein Kanarienvogel, wenn er sich mausert; sehen Sie nur, wie sie die Flügel hängen läßt, — wie sie blaß aussieht!

Marie.

Aber, Emma, ich bin ja nicht blaß. Was Du auch immer findest! —

Wehlau.

Erlauben Sie mir. (Faßt ihren Puls.) Nein, in der That, blaß sind Sie nicht, ich finde Sie eher roth!

Emma.

Wahrhaftig, jetzt ist sie wieder ganz roth, das ist gewiß Fieber.

Marie.

Ich bin ganz gesund!

Wehlau.

Der Puls ist wirklich aufgeregt, mein Fräulein!

Emma.

Seh'n Sie — und das Schlimmste ist — daß sie nicht mehr in's Theater und auf Bälle zu bringen ist; und das müssen Sie gestehen, eine junge Dame, die nicht in's Theater geht und nicht tanzen will, die muß gewiß ernstlich krank sein!

Wehlau (zu Emma).

Da haben Sie allerdings Recht, Sie sollten Doctor werden!

Emma.

Ich bedauere, ich habe mich schon auf den Kaufmann vorbereitet. Bringen Sie mir gar keine Nachricht aus meinem Comptoir?

Wehlau.

Wendel hat heute seine Geschäfte selbst besorgen wollen. (Nimmt die Brieftasche heraus, zu Marie.) Ich möchte Ihnen doch etwas verschreiben, Fräulein Marie.

Vierzehnte Scene.
Vorige. Nagel. Minna.

(Nagel und Minna treten von links aus verschiedenen Thüren schnell auf, nehmen Wehlau in die Mitte und drängen Emma und Marie zurück).

Nagel
(hat unter'm Arm zwei Bücher und einen Bogen Papier in der Hand).

So, lieber Doctor, hier bring' ich Ihnen — wir wollen das zusammen —

Minna
(gleichzeitig mit Nagel redend — hat mehrere Papiere in der Hand).

So, jetzt sollen Sie nun einmal selbst sagen, ob ich nicht —

Nagel.
Erlaube mir nur erst, mein Zustand ist jedenfalls bedenklicher, denn er ist akut, Deiner ist chronisch!

Wehlau.
Nun, was giebt es denn?

Nagel.
Hier habe ich Ihnen eine genaue Analyse meines Zustandes aufgesetzt, worin ich Ihnen beweise, daß meine Seitenschmerzen die Folge einer sehr bedenklichen Leberkrankheit sind, daß meine Milz jedenfalls afficirt ist, — daher erklärt sich auch meine Unverdaulichkeit! (Giebt Wehlau das Papier.)

Wehlau (bei Seite).
Ja, unverdaulich ist er mitunter! (Liest.) Lauter Unsinn. (Laut.) Wo haben Sie nur das Alles hernehmen können?

Nagel.
Ja, das imponirt Ihnen, nicht wahr? (Reicht ihm ein Buch hin.) Da, der medicinische Hausfreund. Das ist ein Buch!

Wehlau (trocken, ironisch).
Ja, das ist ein Buch! (Nimmt es.)

Nagel.
Und dann seh'n Sie 'mal hier! — Der kleine Haus-Arzt in der Westentasche, oder die Kunst in vierundzwanzig Stunden gesund zu werden. (Giebt ihm das andere Buch.)

Wehlau.
Wie lange haben Sie das Buch?

Nagel.
Schon über vier Wochen.

Wehlau (spottend).

Und sind immer noch nicht gesund — das ist recht wunderbar! Da werde ich Ihnen doch etwas verordnen müssen.

Nagel.

Na, Gott sei Dank, endlich!

Wehlau (giebt ihm die Bücher).

Da, nehmen Sie die Bücher und stecken Sie beide in den Ofen! —

Nagel.

Warum nicht gar! Nun — weiter, meine Leberverhärtung!

Wehlau.

Ich kann Ihnen versichern, Ihre Leber ist ganz gesund!

Nagel (ärgerlich).

Wie Sie das nur wieder sagen können! Ist es denn Ihre Leber, oder ist es meine? Ich habe sie im Leibe, ich muß doch am Besten wissen, wie mir zu Muthe ist! — Sie sitzen nicht drin. Sie werden mich zuletzt doch noch dazu zwingen, einen andern Doctor zu nehmen.

Wehlau.

Nach Belieben. Aber der sitzt doch auch nicht drin!

Emma (geht zu Nagel).

Lieber Papa!

Minna.

So, wenn ich jetzt bitten darf, Herr Doctor!

Wehlau (nach der Uhr sehend).

Es ist die höchste Zeit — ich muß fort, Madame, ich komme morgen wieder!

Minna.

Nein, bitte, seh'n Sie sich doch wenigstens das Recept hier an, ich habe es selbst aus verschiedenen Recepten meiner seligen Großmutter zusammengestellt, das wird mir gewiß sehr gut thun. (Reicht ihm ein Recept.)

Wehlau (liest).

Ein hübsches kleines Gift, um die ganze Familie umzubringen. (Zerknittert das Recept, steckt es ein.)

Minna.

Und hier eins, Aaraxacum, was meinen Sie dazu?

Wehlau.

Herr des Himmels!

Nagel.

Ja, das habe ich ihr gerathen!

Wehlau (Hut nehmend).

Wir sprechen davon morgen weiter, ich habe jetzt noch wichtigere Patienten zu besuchen!

Minna.

Wichtigere? — Da haben wir's, also sind wir Ihnen nicht wichtig genug?

Marie (besänftigend).

Aber liebe Tante!

Nagel.

Ja, meine arme Frau hat Recht; ich habe es auch satt, bei meinem Haus-Arzt um ein paar lumpige Recepte förmlich zu betteln!

Wehlau (gereizt).

Ich bin keiner von den gewissenlosen Aerzten, die überflüssige Recepte schreiben, und an gesunden Menschen so lange herumfuriren, bis sie wirklich krank werden; ich bin zu ehrlich zu solchen Kunstgriffen.

Nagel.

Pah! Ehrlich! Sie sind zu gleichgültig, zu jung, zu unerfahren, das wollen Sie unter Ihrer Rücksichtslosigkeit verbergen!

Wehlau.

Nein, das ist doch zu arg! Aber so kommt es, wenn die Leute gar keine Sorge haben, als aus Langeweile krank zu werden!

Nagel (geht aufgereizt umher).

Aus Langeweile?

Minna.

Unser Julius ist gewiß nicht aus Langeweile krank geworden!

Nagel.

Grade vom Studiren!

Wehlau.

Vom Studiren bekommt man keinen Katzenjammer — einen Rausch hat er gehabt, das ist die ganze Geschichte!

Minna.

Katzenjammer — Rausch — mein Julius — das ist zu stark! (Sinkt in das Sopha rechts.)

Marie (tritt zu ihr).

Nagel.

Jetzt kriegt die wieder ihre Zufälle, — Ach, ich armer, geschlagener, kranker Mann! (Sinkt in den Stuhl links — klingelt).

Emma (tritt zu Nagel).

Nagel (nimmt Pillen).

Fünfzehnte Scene.

Vorige. Dorothea (von links). Johann (durch die Mitte).

Dorothea (einen Hund auf den Arm).
Guten Morgen, lieber Doctor! — Denken Sie, mein niedlicher kleiner Joli hat die ganze Nacht nicht geschlafen, könnten Sie ihm nicht etwas verschreiben?
Wehlau (sehr laut).
Schicken Sie zum Vieh=Doctor, Madame; ich habe aufgehört, hier Arzt zu sein!
(Schnell ab durch die Mitte).
Minna und Nagel
(sind bei dem lauten Sprechen Wehlau's zusammengefahren).
Dorothea (läßt den Hut fallen).
Der kleine Joli — ein Vieh! —
Johann.
Na, Gott sei Dank, jetzt haben sie keinen Doctor mehr, nun werden sie auch gewiß bald gesund werden!

(Der Vorhang fällt.)

Zweiter Akt.

(Comptoir bei Wendel mit Mittel= und Seitenthüren. Links zwei Pulte, rechts ein kleiner Tisch mit Zeitungen. Im Hintergrund ein Schrank mit Handlungsbüchern 2c.)

Erste Scene.
Commis. Lehrling.

Commis
(Feder hinter'm Ohr, Hände in den Taschen, steht am Pulte rechts).
Haben Sie die Faktura für Blaustein & Comp. fertig gemacht?
Lehrling (Bücher im Schranke ordnend).
Nein, noch nicht.

Commis.

Die Wechsel auf London copirt?

Lehrling.

Nein, noch nicht.

Commis.

Warum nicht?

Lehrling.

Ich — ich — ich —

Commis.

Ich, ich, — ich! Haben wohl wieder vergessen, wie gewöhnlich! — Steh'n Sie nicht so müßig da, Sie thun den ganzen Tag nichts, nehmen Sie sich ein Beispiel an mir.

Lehrling (bei Seite).

Das thu' ich eben.

Commis.

Wenn's doch erst zwölfe wäre! (Nimmt eine Zeitung.) Wo nur der Principal heut bleibt. (Liest.)

Lehrling (bei Seite).

Das nennt der arbeiten! Na warte! (Laut, um den Commis zu erschrecken.) Herr Wendel!

Commis
(reißt die Feder schnell vom Ohr, wirft die Zeitung hin und thut als wenn er fleißig arbeitet).

Lehrling (bei Seite).

Hahaha!

Commis (sich umsehend).

Nun?

Lehrling.

Herr Wendel sagte vorhin, Sie sollten bei Blaustein & Comp. fünfundzwanzig Prozent auf die Spesen schlagen.

Commis
(steckt die Feder hinter's Ohr).

Gut! (Gähnt.) Wenn's nur erst zwölfe wäre!

Lehrling (wie oben).

Herr Wendel!

Commis
(reißt wieder die Feder vom Ohr 2c.)

Lehrling (bei Seite).

Hahaha! Ich meine, — (laut) Herr Wendel kommt noch immer nicht.

Commis (heftig).

Dummer Junge! (Steckt die Feder hinter's Ohr.) Mach', daß Du mit Deiner Arbeit fertig wirst. Fleiß ist die Hauptsache beim Kaufmann.

Lehrling.

Ich dachte Geld! — Da kommt Jemand, das wird Herr Wendel sein!

Commis
(reißt wieder die Feder vom Ohr).

Zweite Scene.
Vorige. Qualm.

Qualm
(mit Barbierzeug durch die Mitte).

Guten Morgen, meine Herren. Gut geschlafen? — Immer fleißig? Wie gehen die Geschäfte? — Gut, brauche gar nicht erst zu fragen! — Prachtvolles Wetter heut Morgen! (Packt aus.)

Lehrling.

Es hat ja geregnet.

Qualm.

So? ich meine auch nur für die Leute, die zu Hause sein können, lieber Commerzienrath. Herr Wendel nicht zu Hause?

Lehrling.

Ich werd's ihm gleich sagen, Herr Sanitätsrath.
(Ab links.)

Qualm.

Sanitätsrath?! kleiner Schäfer. Das könnt' ich allerdings auch sein; mancherlei Zeug hätte ich dazu, was?

Commis (spottend).

Freilich, freilich! Wenn das bischen Examen nicht wäre.

Qualm.

Ach was, Examen! Seh'n Sie 'mal, ein Narr kann wirklich mehr fragen, als zehn Vernünftige antworten können, das wäre das Wenigste! — Ja, ich hätte sollen in Amerika bleiben; daß ich da weggegangen bin, bereue ich so vielmal, als ich Haare auf dem Kopfe habe.

Commis.

Dann ist Ihre Reue nicht von Bedeutung!

Qualm.

Scherz bei Seite.

Commis.

Ein Barbier wird in Amerika auch noch kein steinreicher Mann geworden sein!

Qualm.

Ach was, wer redet denn von solchem Barbieren? —

(macht die Pantomime des Barbierens) — damit ist in Amerika allerdings auch kein Geschäft zu machen; dort barbiert Einer den Andern, der Süden den Norden und der Norden den Süden, aus reiner Vaterlandsliebe. Aber Doctor wäre ich, ein berühmter Doctor!

Commis.
Das ist auch kein Geschäft.

Qualm.
Was, kein Geschäft? Hahaha! Das ist das allerbeste Geschäft, sage ich Ihnen. Bei allen andern Geschäften haben Sie Auslagen! — Aber so ein Doctor, seh'n Sie, der zieht sich einen schwarzen Frack an, weißes Halstuch, weiße Binde nimmt einen Stock mit einem großen goldnen Knopfe in die Hand, stopft sich die Nase voll Schnupftaback, und dann kann's losgehen. Aber immer mit 'nem großen Messer. Verstanden? Hier kann man so ein Geschäft freilich nicht machen.

Commis.
Trösten Sie sich, unser Export-Geschäft liegt jetzt auch darnieder.

Qualm.
Machen Sie doch nach Mexiko, da hat „Er" jetzt eine Commandite errichtet. Wird mancherlei Artikel brauchen können, vielleicht Etwas in Wichse.

Commis.
Aha, deshalb sind Sie auch wohl aus Amerika ausgerückt?

Qualm.
Ja, seh'n Sie, das war so eine eigne Geschichte. Erstens habe ich eine angeborne Antipathie gegen Alles, was Krieg heißt, eine heftige Abneigung gegen diejenigen Pulver und Pillen, die vermittelst ungezogner Schußwaffen verabreicht werden; zweitens starb mir in Europa ein Onkel, der mich zum Universalerben eingesetzt hatte; ich entschloß mich also zurückzukehren, um die Erbschaft zu heben. Ich komme hier an. Wir schütten die Maaße und bemerken dabei, daß sehr viel Masse da war, das heißt, eine Masse Schulden, von Aktiva keine Spur, — ich war gründlich gemacht.

Commis.
Sehr hart! (Gähnt.) Wenn's doch erst zwölfe wäre.

Qualm.
Ich wäre auch schon lange nach Amerika zurück, wenn's nur nicht am Besten fehlte, — ehe man sich hier was zusammenschrabt, das dauert lange! Kommt aber von unsrer beschränkten Verstandesfreiheit, wollt' ich sagen Gewerbefrei-

heit! — Drüben ist es anders, da kurirt Jeder, der Lust hat. — Das einzige verständige Land in Europa, das eine Ausnahme macht, ist Hannover, wo die freisinnigen Minister einen Kräuter=Doctor unbehindert prakticiren lassen! O Lampe, beneidenswerther College!

Dritte Scene.
Vorige. Wendel. Lehrling. (Beide von links).

Wendel.
Guten Morgen.

Qualm.
Morgen, Herr Wendel, gut geschlafen, immer recht munter? Wenn's gefällig ist. (Rückt einen Stuhl in die Mitte und macht Alles zum Rasiren bereit.)

Wendel (zum Lehrling).
Kein Brief für mich von Herrn Nagel?

Lehrling.
Nein, Herr Wendel.

Wendel.
Geh'n Sie zum Mackler Schmidt und fragen Sie, wie Reiß heute notirt ist!

Lehrling.
Schön, Herr Wendel. (Durch die Mitte ab.)

Wendel (setzt sich).
So, mein Bester!

Qualm
(bindet ihm die Serviette um und fängt an einzuseifen).

Emma.
Es ist gleich zwölf, Herr Wendel. Sie wollten die Fässer für Blaustein noch auszeichnen!

Wendel (springt auf).
Ja so — das müssen wir gleich abmachen. (Wischt sich die Seife ab.) Ich komme gleich wieder, warten Sie einen Augenblick. (Ab mit dem Commis durch die Mitte.)

Vierte Scene.
Qualm.
Warten? Schön — sehr schön — das kann ich — ich bin ja ein geborner Deutscher! Warten ist überhaupt eine große Hauptsache im Leben; zuerst warten Vater und Mutter auf uns, dann werden wir gewartet, später warten wir selber, bis wir groß sind — wenn wir groß sind, warten wir darauf, bis wir politisch reif sind, und sind wir politisch reif — dann — dann warten wir immer noch weiter! Ach, was ist das Warten unterhaltend. (Gähnt, nimmt eine Zeitung.)

Die Zeitung, — ach, die ist erst recht langweilig! — (Schlägt um.) Immer dasselbe — und wenn 'mal etwas Interessanteres drin steht, so ist es nicht wahr. (Liest.) Hundert Thaler Belohnung, was ist denn das — wieder einmal ein starkes Paquet Kassenscheine mit einem schwachen Menschen durchgegangen — Nein! hahaha — da will Einer mit seiner ganzen Familie von einem eingewurzelten Normalleiden befreit sein. Donnerwetter — das wäre ein Geschäftchen für mich!

Fünfte Scene.
Wendel. Qualm.

Wendel (durch die Mitte).

So, nun wäre ich fertig — kommen Sie. (Setzt sich.) Nun — was giebt's Neues?

Qualm

(während er spricht, bindet er ihm die Serviette um, seift ihn ein und wetzt sein Messer).

Neues? mein Gott, Neues genug; aber das Neueste ist, immer das Alte. Das war in Amerika anders — alle Morgen eine Portion Mord und Todtschlag — gehängte Straßenräuber in allen Couleuren — gestohlene Kinder — durchgegangene Jungfrauen — ganze Zeitungsspalten voll Mord.

Wendel.

Ist das Messer auch scharf?

Qualm.

Und wie — das reine Diplomatenmesser, man kann Einem damit vor der Nase etwas wegnehmen, und wenn er denkt, nun kann's losgehen, ist er schon barbiert! (Will barbieren.)

Sechste Scene.
Vorige. Wehlau.

Wehlau (durch die Mitte).

Guten Morgen, Wendel!

Wendel (sich umsehend).

Ah — Doctor — nun, wie geht's bei Nagel?

Qualm (will barbieren).

Wehlau.

Hm — es ist aus mit Nagel.

Wendel (aufspringend).

Was — ist er todt?

Wehlau.

Für mich — ja!

Wendel
(wischt sich hastig mit der Serviette den Mund ab).

Aber — was soll denn das heißen, was ist denn passirt?

Wehlau.

Was jedem Minister passiren kann, wenn er auf Opposition stößt — ich habe mein Portefeuille niedergelegt.

Qualm (für sich).

Gott, wie verständig!

Wendel.

Aber meine Angelegenheit! Du hast mir doch versprochen — für mich zu reden.

Wehlau.

Ja, wenn ein Mensch aber nur von sich und seiner eingebildeten Krankheit reden will, dann ist es unmöglich, eine gesunde Angelegenheit zu behandeln, — kurz, ich wurde unmuthig — er unangenehm — ich noch unangenehmer, — genug, wir sind als heftige Gegner geschieden!

Wendel.

Nein, mein Pech — und ich habe an Nagel geschrieben, mich darauf berufend — wie befreundet ich gerade mit Dir wäre —

Wehlau.

Sehr gut!

Qualm (bei Seite).

Nagel — Nagel — ist das vielleicht der Hundertthaler-Mann? (Sieht in die Zeitung.) Ritterstraße 85 — meiner Seele!

Wendel.

Aber so steh' doch nicht so hölzern da, wozu bist Du denn Arzt — rathe, hilf — Du siehst ja, wie niedergeschlagen ich bin.

Wehlau.

Dabei hört meine Praxis auf.

Wendel (hat sich gesetzt).

Qualm
(will ihm die Serviette umbinden).

Nun gefällig, Herr Wendel —

Wendel.

Was denn?

Qualm.

Barbieren!

Wendel.

Mein Gott, bin ich denn noch nicht rasirt?

Qualm.
Nein, ich hatte nur die Ehre, Sie zweimal einzuseifen.
Wendel (zu Wehlau).
Entschuldige!
Wehlau.
Bitte.
Qualm.
Ich werde im Augenblick fertig sein. (Setzt wieder an.)

Siebente Scene.
Vorige. Johann.

Johann.
Ich bringe einen Brief von Herrn Nagel.
Wendel (aufspringend).
Meine Antwort. (Serviette um und Seife im Gesicht, will Wehlau umarmen.) Lieber Bruder, jetzt steh' mir bei!
Wehlau (abwehrend).
Bitte recht sehr.
Wendel.
Ach so — (Nimmt die Serviette ab und wischt sich den Schaum ab.) Schnell her damit! (Nimmt den Brief, öffnet schnell und fällt in den Stuhl.) Da haben wir's!
Qualm.
Na, jetzt scheint er endlich niedergeschlagen genug — erlauben Sie — (Will Wendel die Serviette umbinden.)
Wendel (unmuthig).
Ach, kommen Sie morgen wieder. (Zu Wehlau.) Da lies! (Giebt ihm den Brief.)
Qualm (zusammenpackend).
Morgen — schön, Herr Wendel. (Bei Seite.) Das heißt, wenn ich nicht bis morgen Sanitätsrath geworden bin. Der Mann mit seinen hundert Thalern sitzt mir stark im Kopfe! Hundert Thaler! Dafür muß ich lange einseifen. Wagen gewinnt, wagen verliert, vielleicht treff' ich diesen Nagel auf dem Kopf. (Laut.) Meine Herren, habe die Ehre, allerseits guten Morgen zu wünschen. (Ab durch die Mitte.)

Achte Scene.
Johann. Wehlau. Wendel.

Wendel.
Nun, was sagst Du?
Wehlau.
Grob, aber deutlich! — Ich bedaure, daß ich die Ur-

3

sache davon bin, Du müßtest mit dem neuen Doctor Freundschaft schließen.

Johann.

Ach, Herr Wehlau, wenn sie nur erst einen hätten; jetzt kuriren sie gegenseitig an sich herum, daß Einem Angst und bange wird.

Wehlau.

Wie geht's dem Fräulein Marie?

Wendel.

Laß doch diese Fragen; hier handelt es sich um mich und meine Angelegenheiten. Johann, wie kann ich Herrn Nagel vernünftig sprechen, oder noch besser, erst seine Tochter?

Johann (achselzuckend).

Ja —

Wehlau (bei Seite).

Was ist der Mensch unpraktisch! (Setzt sich links, laut.) Johann, der Herr Wendel hat sehr gute Cigarren.

Johann.

So? Ja, man müßte darüber nachdenken!

Wendel·
(holt von rechts ein Kistchen Cigarren, giebt sie Johann).

Denken Sie nach, Johann!

Johann
(die Kiste unter den Arm nehmend).

Eine kleine Idee habe ich schon! Sehen Sie, mein Herr behandelt sich doch jetzt durch Bäder. Montags nimmt er ein Regenbad, Dienstag Douche, Mittwoch Wellenbad, Donnerstag Fichtennadeln, Freitag Malz-, und heute Sonnabend ein russisches Dampfbad!

Wehlau.

Gott stärke ihn!

Johann.

Wenn Sie in einer Stunde zu uns kommen, finden Sie die Damen allein und wenn ich vielleicht sagen soll, daß Sie kommen —

Wendel.

Ja, lieber Johann, das ist Alles, was ich verlange, — hier (giebt ihm noch ein Kistchen Cigarren) sagen Sie, daß ich komme!

Johann.

Schön! und — wenn die Cigarren gut sind, werde ich immer bei Ihnen kaufen! Guten Morgen!

(Ab durch die Mitte.)

Neunte Scene.
Wendel. Wehlau.

Wehlau.
Was der Mensch für Glück hat. Chançen in der Liebe und dabei setzt er noch seine Waare ab. (Steht auf.) Aber nun thu' mir den einzigen Gefallen und sei heute endlich einmal praktisch.

Wendel.
Verlaß Dich darauf. Heute setz' ich's durch. Ich habe vor einigen Tagen meine Bilanz gemacht — die nehme ich mit, — was meinst Du?

Wehlau.
Eine sehr glückliche Idee! In einer Hand die Geliebte, in der andern die Bilanz, da solltest Du Dich photographiren lassen.

Wendel.
Wie Du das wieder darstellst!

Wehlau.
Uebrigens ist das Alles Nebensache. Die Hauptsache ist, daß der Alte weich wird, außerdem kannst Du mir den Gefallen thun und nachsehen, wie sich Fräulein Marie befindet.

Wendel.
Gewiß, gewiß, sehr gern, aber meine Bilanz steck' ich doch ein und eine weiße Binde, wenn vielleicht gleich Verlobung sein konnte.

Wehlau.
Nun, meinethalben, steck' sie ein, ich wette aber darauf, Du wirst sie gewiß zur unrechten Zeit wieder herausholen
(Beide durch die Mitte ab.)

Verwandlung.
(Zimmer bei Nagel wie im ersten Akt.)

Zehnte Scene.
Emma. Marie.

Emma (steht links).
Nun sitzt sie wieder da und spricht kein Wort! Es ist entsetzlich, keine Seele, die mir Trost einspricht.

Marie (rechts arbeitend).
Mache mir doch keine Vorwürfe, Du läßt ja selbst die Flügel hängen!

Emma.

Dazu hätte ich doch wohl Grund genug; jetzt hat der arme Wendel den Brief schon — wie wird er sich über den Papa ärgern.

Marie.

Ja, und der arme Doctor auch!

Emma.

Ach, geh' mir mit Deinem Doctor, der ist an Allem Schuld. Hätte er nicht die Scene mit dem Recept neulich vermeiden können? Er ist aber rücksichtslos und egoistisch!

Marie
(legt die Arbeit hin, steht auf).

Ach bitte, er hat nur gehandelt, wie es einem Ehrenmanne geziemt.

Emma.

Du weißt allerdings nicht, wie Einem zu Muth ist, wenn man von seinem Geliebten getrennt ist.

Marie.

O ja, das weiß ich wohl!

Emma.

Du! ja, höchstens aus Büchern — aber Du hast noch nie selbst geliebt, weißt gar nicht, was Liebe ist.

Marie.

O ja!

Emma (erstaunt).

Ja?!

Marie (verlegen).

Das heißt — nein! Wir sprachen ja vom Doctor! Du kannst doch nicht leugnen, daß er ein geistreicher, interessanter Mann ist.

Emma (sie beobachtend).

So! So!

Marie.

Manchmal etwas rauh, aber von tiefem Gehalt; — hat er sich nicht stets als ein wahrer Freund unsres Hauses bewiesen? Nein, nein, ich lasse nichts auf ihn kommen, und bin überzeugt, mit ihm ist das Glück aus unserem Hause geschieden!

Emma.

Du bist ja ganz Feuer und Flamme. — Sollte das der Grund Deines Herzklopfens sein? Du — Du —

Marie (erschrocken).

Ich — wo denkst Du hin?

Emma.

Ich glaube, ich bin da hinter ein Geheimniß gekommen —

Marie.

Aber Emma —

Emma.

Nein, ich will es Dir nicht entreißen und kein Wort mehr über den Doctor reden, aber Du mußt mir auch beistehen, daß der Papa nachgiebt, er hat ihn doch zu schlecht behandelt, den armen Wendel — (weinerlich) es ist empörend.

Marie.

Und den armen Doctor auch — es ist schändlich. (Weinerlich.) Halten wir jetzt zusammen.

Emma.

Ja, das wollen wir! (Weint.) Wir wollen sein ein einig Volk von Brüdern —

Marie (weinend).

In keiner Noth uns trennen und Gefahr.

Beide (heftig weinend).

In keiner Noth uns trennen und Gefahr.

Eilfte Scene.

Vorige. Minna, Dorothea (von links. — Dann) Nagel.

Minna.

Was giebt's denn — warum weint Ihr?

Marie (weint).

O mein Gott, was sind wir unglücklich!

Minna.

Warum denn?

Emma (weint).

Weil wir keinen Doctor haben!

Minna.

Ihr seid gute, brave Kinder, — ich danke Euch für Eure Theilnahme; ja, es ist wirklich sehr schlimm, (fängt an zu weinen) aber wir werden mit Gottes Hülfe einen bessern Arzt finden.

Dorothea
(legt das Strickzeug fort).

Ich höre zwar nichts, aber wenn ich Thränen sehe muß ich gleich mitweinen. (Weint auch.)

Nagel (von links).

Nanu, was ist das — warum heult Ihr denn Alle?

Dorothea.
Recht trübes Wetter heute!
Minna. Marie. Emma.
Ach!
Nagel.
Ich will wissen, warum Ihr weint?
Alle Damen.
Ach!
Nagel.
Seid Ihr denn Alle verrückt?
Emma.
Wenn's weiter nichts wäre!
Marie.
Armer Onkel!
Minna.
Armer Mann!
Nagel.
Werde ich denn nun endlich erfahren, was es hier gegeben hat?
Minna.
Ist es nicht traurig, daß wir bei unsern Leiden so hülflos und verlassen dastehen?
Marie.
Ohne Doctor!
Emma (bei Seite).
Ohne Kaufmann!
Nagel.
Darüber beruhigt Euch nur, wir werden schon einen andern bekommen — er ist ja nicht der einzige auf der Welt!

Zwölfte Scene.
Vorige. Johann. (Dann) Qualm.
Johann
(durch die Mitte — meldend).
Herr Sanitätsrath Humbugh.
Nagel.
Sanitätsrath Humbugh! Ah, wahrscheinlich das Resultat meiner Zeitungsannonce; sehr willkommen.
Qualm
(als Sanitätsrath, im schwarzen Frack, hoher weißer Cravatte, Brille, Stock mit goldnem Knopf und Schnupftabacksdose).
Aesculap's Jünger giebt sich die Ehre, die Schwelle eines so leidenden Hauses zu betreten, und zwar mit der

Ueberzeugung, daß es der Kunst und den übrigen natur=
historisch=medicinischen Wissenschaften gelingen wird — diese
Leiden zu bannen, und das Gesundheitsverhältniß dieses
Hauses wieder auf den normalen Urzustand zurückzuführen.
Nagel.
Seien Sie mir herzlich willkommen.
Qualm.
Ich schätze mich glücklich, gleich bei meiner Rückkehr
aus Amerika Gelegenheit zu finden, meine mit Lebensgefahr
gesammelten Kenntnisse zur Rettung einer ganzen so erbärm=
lichen Familie verwerthen zu können.
Minna.
Erbärmlich?
Qualm.
Ich meine, erbärmlich in Bezug auf Ihren körperlichen
Zustand.
Nagel.
Ja, der ist wirklich erbärmlich. Ich bin so krank, daß
ich kein gesundes Glied am ganzen Körper habe. Es giebt
kein Leiden, welches wir nicht schon empfunden hätten. —
Qualm.
Charmant, charmant!
Nagel.
Ich leide hauptsächlich an Leibesverhärtung — aber
auch an Stickhusten, Rheumatismus, Congestionen, Unver=
daulichkeit, Schlaflosigkeit und Fieber aller Arten.
Qualm (zu Nagel).
Sonst haben Sie keine Schmerzen?
Nagel.
O ja — ich kann mich nur nicht gleich darauf be=
sinnen.
Minna.
Und ich bin selbst ein ganz zerrüttetes Nervensystem.
Qualm.
Etwas zerrüttet sehen Sie aus.
Minna.
Ich werde Tag und Nacht von den heftigsten Schmerzen
gepeinigt, ich bin sehr krank.
Qualm (zu Minna).
Sonst fühlen Sie sich aber ganz wohl?
Minna.
Sonst durchaus wohl!
Qualm.
Und diese beiden jungen Damen? Sie sind doch hoffent=
lich auch krank?

Emma.
Nein, wir sind Gottlob gesund!
(Mit Marie rechts ab.)
Qualm.
Thut mir leid — wollte sagen — freut mich sehr.
Dorothea
(strickend, zu Nagel).
Ist das der Klavierstimmer?
Nagel (sehr laut).
Das ist der Herr Sanitätsrath!
Dorothea.
Ah, freut mich —
Qualm (sehr laut).
Mich auch! (Zu Nagel, wichtig.) Die Frau ist taub!
Nagel.
Ja, ja!
Qualm.
Sehen Sie, das habe ich gleich bemerkt — geschwoll'ne Stirn oder an der linken Schläfe stets Zeichen von Taubheit, dagegen habe ich ein vortreffliches Mittel.
Nagel.
So!
Qualm.
Taubheit ist eine Erschlaffung des Trommelfells. Man reibt nun dasselbe ganz einfach mit altem Cognac ein, dadurch wird es wieder straff, nach und nach immer sträffer, und wenn es am sträffsten ist, dann ist das Gehör wieder hergestellt! Probatum est!
Nagel.
Wunderbar!
Qualm.
Ich sage Ihnen — ich habe hundert solcher Mittel, eines immer probatum ester, als das andere!
Nagel (bei Seite).
Das scheint ein herrlicher Mann zu sein! (Laut.) Bitte, nehmen Sie doch Platz.
Qualm.
Sehr gütig! (Setzen sich.)
Nagel.
Sie sind Sanitätsrath?
Qualm.
Nein, vom gebornen Standpunkte aus bin ich Deutscher, — nur vom wissenschaftlich=medicinischen Standpunkte aus. Ich habe nur in Amerika studirt und dort lange prakticirt — bin aber jüngst von einem vor=

nehmen Patienten herüber befohlen worden, um ihm den den Staar zu stechen, und will zugleich sehen, was meine deutschen Collegen für Fortschritte gemacht haben — aber — ich finde noch Alles beim Alten.

Nagel.

Da haben Sie wohl ein ganz neues Heilsystem drüben?

Qualm.

Allerdings. Sehen Sie, Gesundheit und Krankheit sind die beiden Factoren in der Druckerei des menschlichen Körpers, welche durch gegenseitigen Druck Schmerzen erzeugen. Diese Schmerzen müssen nun wieder fort, nicht wahr? Ich schmerze nun die Körper unnatürlich durch alle die furchtbaren Medicamente der alten und neuen Medicin; dadurch entsteht der Gegendruck, wodurch es mir möglich wird, das horizontale Gleichgewicht des Menschen wieder vollständig zu parallellisiren, das heißt, herzustellen. Wir nennen das in Amerika Kur of the horse.

Minna.

So, was heißt das?

Qualm.

In der schwerfälligen deutschen Sprache nennt man's Pferdekur!

Nagel.

Wenn der Patient aber den Gegendruck nicht aushält?

Qualm.

Dann stirbt er! Kommt aber selten vor!

Nagel.

Sehr bedenklich. Aber wenn Sie nun die Güte haben wollten, meinen Zustand zu prüfen —

Minna (rückt näher).

Und auch den meinen, Herr Sanitätsrath!

Qualm.

Nicht nöthig, ich weiß schon, hab' ich auf den ersten Blick erkannt. Gründlich gelbe Gesichtsfarbe, geröthete Nasenflügel, tiefliegende Augen, — Zeichen von Leberverhärtung. (Zu Minna.) Und bei Ihnen, Madame, sanfter, ätherischer Blick, matte Augenlider, schmerzliche Augenbrauen, — unverkennbar nervus verum!

Minna.

Sind denn die Nerven nicht fortzubringen?

Qualm.

O yes, Mylady! Kleinigkeit, mit Hülfe meines Lehrers, des berühmten Doctor Barnum, haben wir einer reichen Dame in Boston die Nerven ganz herausgeschnitten und Darmsaiten dafür eingesetzt!

Minna.
Nicht möglich! — Also kann der Mensch doch ohne Nerven existiren?
Qualm.
Natürlich! — Das Leben strömt vom Herzen und den dort lagernden Blutgefäßen, welche mit den Nerven in gar keiner Verbindung stehen, sondern nur mit dem Magen; eine etwaige Entfernung der Nerven kann folglich nur eine Magen-Affectation, einen verdorbenen Magen erzeugen.
Nagel.
Ich leide aber auch an der Milz!
Qualm.
Erlauben Sie. (Fühlt den Puls, nimmt dabei eine große Uhr aus der Tasche.) Ja, der Puls ist etwas milzig! (Stößt Nagel mit der Faust in die Seite.)
Nagel.
Au! Au!
Qualm (wiederholt den Stoß).
Thut Ihnen das weh?
Nagel.
Au! Ja!
Qualm.
Ganz untrügliches Zeichen von Schmerzen!
Nagel.
Sehn Sie, woran ich Alles leide.
Qualm.
Jawohl, Sie sind sehr krank. Ihr Bart gefällt mir auch nicht, ganz zerschunden. Welcher Esel barbiert Sie denn?
Nagel.
Ich barbiere mich selbst!
Qualm (verdutzt).
So? — Sein Sie vorsichtig, hübsch pudern, ich pudere meine Kunden immer, wenn ich sie barbiert habe.
Nagel.
Barbieren Sie denn auch?
Qualm (bei Seite).
Donnerwetter, da hätte ich mich bald verschnappt. — (Laut.) Gott bewahre, nur im äußersten Fall, bei schweren Patienten. (Steht auf.) Aber nun werde ich Ihnen etwas verschreiben.
Nagel, Minna
(aufstehend, vergnügt).
Ach ja, ja, ja!

Nagel.
Hier ist Feder und Papier!
Qualm
(setzt sich an den Tisch links. Nagel und Minna stehen zu beiden Seiten).
Vor allen Dingen fünfundzwanzig Pfund Camillum!
Minna.
Camillum?
Qualm.
Ja, zu deutsch Camillenthee!
Nagel.
Aber so viel?
Qualm.
Fünfundzwanzig Pfund, ein viertel Centner, dadurch haben Sie's billiger. Immer das Angenehme mit dem Nützlichen verbinden. (Schreibt weiter.)
Dorothea.
Er verschreibt, jetzt hol' ich meinen Joli!
(Links ab.)
Nagel.
Das Recept wird ja aber so lang?
Qualm (legt die Feder hin).
Ja, sehn Sie, die modernen Aerzte verschreiben jetzt viel zu wenig, wie soll da etwas helfen? Ein gutes Recept muß jedes Mal aus sechs Theilen bestehen. Erstens das efficiens, das Wirksame, zweitens das adjuvans, hinzugefügt, weil man dem Ersten nicht traute, drittens das involvens.
Nagel.
Insolvenz?
Qualm.
Ja, zu griechisch Pleite. — Viertens das diluens, reiner Zucker, fünftens colorens, giebt die Farbe, eine gewisse Couleur in grün, und sechstens das corrigens, schmeißt den ganzen Kram über'n Hauf — wollte sagen durcheinander! (Schreibt wieder.) So! (Giebt Nagel ein Recept.)
Nagel (zu Minna, bei Seite).
Das ist noch ein Mann!
Minna (zu Minna, bei Seite).
Wie klar er Alles sagt!
Nagel (lesend).
Alle Stunden sechs Eßlöffel voll, das laß ich mir gefallen.
Qualm.
So, für Sie, Madame! (Giebt ihr ein Recept.)

Nagel.
Bekomme ich nicht noch etwas zum Einreiben, lieber Sanitätsrath?

Qualm.
Einreiben wollen Sie? Ja, werde Ihnen etwas zum Einreiben verschreiben.

Minna.
Mir aber auch!

Qualm (schreibend).
Natürlich, natürlich! So. (Giebt Nagel Recept.)

Minna.
Sind auch Pillen dabei? Ich kann Pillen so gut nehmen.

Nagel.
Ja, ich auch! (Ruft.) Johann, Johann!

Qualm.
Pillen?! Können Sie genießen, wenn's weiter nichts ist. (Schreibt, giebt ihr dann die Recepte, Minna und Nagel steht auf.)

Dorothea
(von links mit Joli auf dem Arm).
Können Sie nicht für meinen kleinen Joli auch Etwas verschreiben? Er hat immer eine heiße Nase!

Qualm (faßt die Pfote).
Zeigen Sie 'mal Ihre Zunge! Ja, so!

Dorothea.
Sie verstehen doch auch Thiere zu behandeln?

Qualm.
Natürlich! Ob ich Menschen oder Thiere vor mir habe, ist mir alles Wurst!

Dorothea.
Wurst? Nein, Wurst hat er nicht gegessen, der Joli.

Qualm.
Ach so. (Sehr laut.) Warme Sitzbäder!

Dorothea.
Danke schön!

Johann
(ist inzwischen durch die Mitte aufgetreten).

Nagel
(geht zu Johann, spricht leise mit ihm, giebt ihm die Recepte).
Aber gleich in die Apotheke — recht schnell! So, halt, da ist noch unser Julius, Herr Sanitätsrath.

Minna.
Richtig, der Julius, leidet wieder an seiner Magenkrankheit.

Qualm.
Werd' ihm gleich etwas verschreiben. (Setzt sich, will schreiben.)
Nagel.
Wollen Sie ihn nicht erst sehn?
Qualm.
Sehn? Nun ja. (Steht auf.) Schadet jedenfalls nicht, können wir machen. (Mit Minna und Nagel durch die Mitte ab.)
Johann (liest die Recepte).
Nanu wird's Tag, wenn das lauter Recepte sind, da werde ich mir wohl einen Dienstmann mitnehmen müssen!
(Ab durch die Mitte.)

Dreizehnte Scene.
Emma. Marie (rechts. Dann) Johann.

Emma.
Nun, was sagst Du zu dem Mann?
Marie.
Entweder ist er ein Charlatan, oder ein Betrüger.
Emma.
Mir scheint er beides zugleich zu sein.
Johann
(durch die Mitte den Kopf steckend).
Fräulein Emma! Pst! Er kommt!
Marie.
Der Doctor?
Johann.
Ne! Herr Wendel! (Ab.)
Emma.
Wendel? Gerade jetzt!

Vierzehnte Scene.
Vorige. Wendel.

Wendel (zu Emma).
Mein Fräulein, wie glücklich bin ich, Sie wiederzusehen!
Emma.
O, auch ich, mein Herr! Aber wie können Sie es wagen, heut zu meinem Vater zu kommen?
Wendel (verlegen auf Marie sehend).
O, ich komme nur zu Ihnen!
Emma.
Gewiß haben Sie einen neuen Plan, wie?

Wendel.

Plan? — (Bei Seite.) Nein, jetzt ist die Andre dabei, jetzt kann ich wieder gar nicht reden, wie sonst!

Emma.

O, reden Sie nur, Sie haben uns gewiß etwas mitzutheilen.

Wendel (verlegen).

Ja, mein Fräulein, ich komme um — um Ihnen meine Bilanz zu überreichen! (Zieht sie hervor.)

Emma
(nimmt das Papier, erstaunt).

Ihre Bilanz, was soll ich damit, was ist das?

Wendel.

Die Berechnung meines Vermögens.

Emma.

Was geht mich Ihr Vermögen an? Ich bin kein Kaufmann, stecken Sie das nur wieder ein!

Wendel (einsteckend).

Ich dachte doch, es gehörte zur Sache?

Emma.

Sie sind zu drollig; weiter haben Sie mir nichts zu sagen?

Wendel (bei Seite).

Ich sollte Wehlau Nachricht von Fräulein Marie bringen!

Emma.

Nun?

Wendel
(wendet sich zu Marie, so daß er Emma halb den Rücken kehrt).

Wie befinden Sie sich, mein Fräulein?

Marie.

O, ich danke.

Wendel.

Wollen Sie mir einmal erlauben. — (Nimmt ihre Hand, um den Puls zu fühlen.)

Emma
(ergreift Wendel's Arm, um ihn fortzuziehen).

Was soll denn das heißen? Sie kommen zu mir und machen andern Damen den Hof? — Wissen Sie, daß ich das übelnehmen könnte?

Wendel (bei Seite).

Ich muß wieder eine Thorheit gemacht haben! (Laut.) Bitte, nehmen Sie mir's nicht übel, Ihr Herr Vater hat mir schon so viel übelgenommen!

Emma.

Er würde Ihnen noch mehr übelnehmen, wenn er Sie hier träfe, besonders heute!

Wendel.

O, ich bin vorsichtig gewesen und habe die Stunde gewählt, wo er im Dampfbade ist.

Emma.

Im Dampfbade?!

Wendel.

Allerdings, halten Sie mich nicht für so ganz unpraktisch, mein Fräulein?

Emma.

Aber Sie irren, er ist hier im Hause mit seinem neuen Arzte.

Wendel (erschrocken).

O, was Sie sagen!

Marie.

Und wenn ich nicht irre, so hör' ich ihn kommen — ja, er ist's.

Wendel.

Mein Gott, was sag' ich ihm nur?

Emma.

Sie dürfen gar nichts sagen, Sie müssen fort!

Wendel.

Fort! Ja, bitte, kann ich vielleicht dort hin? (Will rechts in die Thür.)

Marie.

Nein, das ist mein Zimmer!

Nagel
(ruft hinter der Scene).

Jette, Jette!

Emma.

Hören Sie? Schnell, schnell! Rasch dort hinein! (Auf den Badeschrank zeigend, öffnet ihn.)

Wendel.

Hier? (Geht hinein.)

Emma.

Ja, es ist Papa's Badeschrank.

Fünfzehnte Scene.

Vorige. Nagel. (Dann) Jette.

Nagel
(durch die Mitte, noch Außen sprechend).

Jette, bring 'mal einen Eimer Wasser! (Vorkommend, reibt sich die Hände.) Endlich hab' ich mal 'nen Doctor, Kinder! Ihr hättet sehn sollen, wie er den Julius untersuchte, gleich hatte er seine Krankheit erkannt; es wäre, sagte er, ein chro=

nisch gambrinisches Magenleiden, eine Folge vom vielen Studiren bei Nacht!

Jette
(durch die Mitte mit einem kleinen Eimer).

Hier ist Wasser, Herr Nagel!

Nagel.
Fülle gleich den Apparat!

Emma.
Du wirst doch heut nicht baden wollen, Papa?

Nagel.
Ich, nein!

Emma (bei Seite).
Gott sei Dank!

Nagel.
Aber der Julius — der Sanitätsrath hat ihm ein Sturzbad verordnet.

Jette
(ist auf einen Tritt gestiegen und schüttet das Wasser in den Kasten, der über dem Apparat sichtbar ist).

Wendel
(steckt den Kopf durch die Gardine).

Um Gotteswillen. (Zieht sich schnell wieder zurück.)

Nagel.
Was sagst Du?

Marie.
Ich, nichts, lieber Onkel!

Nagel.
Geht jetzt, Kinder, der Julius wird gleich kommen.

Emma.
Hat das nicht bis Nachmittag Zeit?

Marie.
Wir haben hier zu arbeiten.

Nagel.
Unsinn — arbeiten — das Bad geht vor!

Jette.
Alles fertig, Herr Nagel. (Durch die Mitte ab.)

Marie (bei Seite).
Aber was machen wir jetzt?

Emma.
Es wird doch nicht gehen, lieber Vater.

Nagel.
Warum denn nicht?

Marie.
Der Apparat ist nicht im Stande.

Emma.

Ja, ja, der Zug ist nicht in Ordnung!

Nagel.

Aber er ging ja doch gestern noch!. Will gleich nach= sehen! —

Marie.

Wir haben vorhin schon versucht — gewiß!

Nagel.

Vorhin — Unsinn — da war gar kein Wasser drin — Ihr sollt gleich sehen — (Geht an den Schrank.)

Marie, Emma (zugleich ängstlich).

Onkel, Papa!

Nagel
(zieht an dem Zug, man hört das Wasser rauschen).

Na, was wollt Ihr denn — hört Ihr's nicht?

Wendel (stürzt heraus).

Nein — das halt' ich nicht aus!

Marie, Emma (schreien auf).

Ah — oh — (Schnell ab nach rechts.)

Nagel.

Donnerwetter, Herr — was wollen Sie denn schon wieder hier?

Wendel (sich abschüttelnd).

Ich wollte mich blos nach Ihrem Befinden erkundigen.

Nagel.

Im Badeschrank? Diese Sorte von Geschäftsreisenden ist mir noch nicht vorgekommen.

Wendel.

Entschuldigen Sie, ich bin kein Reisender, mein Herr! Mein Brief wird Sie hinlänglich aufgeklärt haben.

Nagel.

Na, meiner denk' ich — Sie auch — wir sind fertig mit einander —

Wendel.

Entschuldigen Sie — ich noch nicht. Wollten Sie nicht die Güte haben, meine Bilanz entgegenzunehmen?
(Giebt sie ihm.)

Nagel.

Die ist ja ganz naß — was thu' ich überhaupt mit Ihrer Bilanz —

Wendel.

Bitte — durchsehen! —

Nagel (wirft das Papier auf den Tisch).

Fällt mir nicht ein. Ihre Gesundheit wäre mir werth= voller, als Ihr Vermögen!

Wendel (zitternd).

Ich bin wirklich ganz gesund!

Nagel.

Heute. Aber morgen können Sie's kalte Fieber haben! Ueberhaupt weiß ich gar nichts über Ihre Eigenschaften — Ihre Fehler — Ihr Temperament — und das ist eine große, große Hauptsache für einen Schwiegersohn — besonders in einer Familie, wo so viele Mitglieder leidend sind. Sind Sie nervös? —

Wendel.

Ich — nein!

Nagel.

Dann verstehen Sie auch nicht, Rücksichten auf die Nerven Anderer zu nehmen.

Wendel.

Etwas nervös bin ich!

Nagel.

Schöne Geschichte — können wir den ganzen Tag an Ihrem Krankenbette sitzen! Welches Temperament haben Sie?

Wendel.

Ich weiß in der That nicht.

Nagel.

Sind Sie sanguinisch?

Wendel.

Nein!

Nagel.

Sind Sie melancholisch?

Wendel.

Nein!

Nagel.

Dann sind Sie cholerisch?

Wendel.

Nein!

Nagel.

Zum Henker, was sind Sie denn?

Wendel (stark zitternd vor Frost).

Naß! vielleicht auch etwas elektrisch — ich zitt're am ganzen Körper.

Nagel.

Das ist einfach — Sie triefen ja wie ein Pudel!

Wendel (höflich).

Sie sind sehr freundlich!

Nagel.

Machen Sie nur, daß Sie fortkommen, Sie können sich auf den Tod erkälten.

Wendel.
Ach nein — ich bin an Feuchtigkeit gewöhnt.
Nagel.
Sie zittern ja, als wenn Sie das Wechselfieber hätten.
Wendel.
Wenn Sie wünschen, bin ich so frei!
Nagel.
Der Mensch phantasirt schon — da muß ich doch gleich den Doctor rufen. (Will ab.)

Sechszehnte Scene.
Vorige. Qualm.

Nagel.
Gut, daß Sie kommen, lieber Doctor, ich habe hier einen bedenklichen Kranken; haben Sie doch die Güte, ihm etwas zu verschreiben.
Qualm (bei Seite).
Verdammt, das ist ja Wendel — jetzt, Frechheit, steh' mir bei!
Nagel.
Der Herr scheint mir das Fieber zu haben!
Qualm (bei Seite).
Den muß ich mir vom Halse schaffen. (Laut, indem er Wendel halb abgewendet den Puls fühlt.) Fieber in der höchsten Potenz, der Mensch ist durch und durch Fieber!
Nagel.
Da haben wir's!
Qualm.
Packen Sie ihn warm ein und schicken Sie ihn schleunigst nach Hause — wir riskiren sonst, daß ihn ein Nervenschlag trifft!
Nagel (erschrocken).
Nervenschlag! Um Gotteswillen!
Wendel (bei Seite, Qualm betrachtend).
Der Doctor kommt mir so bekannt vor!
Qualm.
Sehen Sie nur, wie er die Augen rollt, — Zeichen von Wasserscheu und Delirium tremens.
Nagel.
Herr des Himmels!
Qualm.
Sehen Sie, er delirirt schon, er wird gleich anfangen zu tremsen; wenn das zum Ausbruch kommt, ist er geliefert! —

Nagel.

Entsetzlich! (Zieht heftig die Klingel; lautes Läuten.) Johann! Jette! Minna! Emma!

Neunzehnte Scene.

Vorige. Jette, Marie, Minna, Emma, Dorothea (von verschiedenen Seiten. Dann) **Johann.**

Alle (durcheinander).

Was giebt's denn, was ist geschehen?

Nagel (schreit).

Wollene Decken, Plaids, Fußsäcke — schnell!

Alle
(ab, kommen aber gleich darauf mit Decken und Plaids zurück).

Nagel.

Schrecklich, daß so etwas grade in meinem Hause passiren muß. (Reißt eine Decke vom Tisch und will Wendel einhüllen.)

Wendel (abwehrend).

Sie übertreiben, es ist wirklich nicht so schlimm, als Sie glauben.

Dorothea (mit einem Feuereimer).

Wo brennt's denn?

Nagel, Qualm
(reißen den Damen Plaids und wollene Decken weg und bemühen sich, Wendel einzupacken).

Wendel (sich wehrend, ärgerlich).

Ich versichere Sie, ich bin ganz gesund und laß mich nicht zum Narren machen. Das ist ja zum Verrücktwerden!

Qualm.

Hab' ich's nicht gesagt — Sein Sie still, Herr!
(Wickeln ihn ein.)

Jette (durch die Mitte).

Die Droschke ist da.

Nagel.

Nun schnell fort! (Schiebt ihn fort.)

Wendel.

Aber meine Bilanz!

Qualm.

Sehen Sie, das Tremenzen geht schon los. (Schiebt ihn ebenfalls gegen die Thür.)

Wendel
(reißt sich plötzlich los, streift die Decke ab, stürzt gegen die Thür und rennt auf den schnell eintretenden Johann, welcher mit zwei großen Körben mit Medicinalgläsern ꝛc. eingetreten ist. Beide fallen hin. Bild der allgemeinsten Verwirrung).

(Der Vorhang fällt.)

Dritter Akt.

(Zimmer bei Doctor Wehlau mit zwei Mittel= und Seitenthüren. Rechts ein Tisch mit Büchern und ärztlichen Utensilien.)

Erste Scene.
Wehlau
(sitzt am Tisch, schlägt ein Buch zu und sieht nach der Uhr).

Schon so spät, es wird Zeit, daß ich meine Patienten besuche. — Es ist wirklich ein schweres Dasein, das Dasein eines Arztes. — Was verlangen die Menschen nicht Alles von uns. Wir sollen graue Haare und Jugendfrische, Unmäßigkeit und Gesundheit mit einander in Einklang bringen; sie pochen uns mitten in der Nacht heraus, lassen sich Etwas verschreiben und nehmen's schließlich gar nicht ein. (Es wird draußen geklingelt.) Wer kommt denn nun noch? Meine Sprechstunde ist doch vorüber.

Zweite Scene.
Dorothea. Marie. Wehlau.
Dorothea
(mit Hut, Mantille und Pompadour).

Guten Morgen, Herr Doctor! Ja, ja, Sie wundern sich wohl recht, uns hier zu sehn. — Ach, uns führt eine recht traurige Veranlassung hierher. (Wischt sich mit dem Taschentuch die Augen.)

Wehlau.
Traurig!

Marie (zu Wehlau).
Es ist nicht so schlimm!

Dorothea.
Ach, wenn ich doch Ihren Rath mit dem Vieh=Doctor befolgt hätte! So — habe ich meinen kleinen Joli durch einen gewöhnlichen Menschen=Doctor behandeln lassen, und das hat er nicht ertragen können — er ist hinüber. Marie meinte, Sie würden uns überall helfen; auf ihren

Rath sind wir hier. — Sprich, mein Kind, sage dem Herrn Doctor Alles, was wir auf dem Herzen haben! Sie erlauben wohl. (Setzt sich, nimmt ihr Strickzeug aus dem Pompadour und strickt.)

Wehlau.

Bitte! (Zu Marie.) Also Ihnen verdanke ich diese freudige Ueberraschung!

Marie.

Mißdeuten Sie meinen Schritt nicht, mein Herr, den ich thue im Vertrauen auf Ihren ehrenhaften Charakter, und aus Theilnahme für eine Familie, der ich so viel Gutes verdanke.

Wehlau.

O, reden Sie, Fräulein Marie, wenn ich Ihnen und Ihrer Familie helfen kann, ich stehe mit Rath und That zu Gebote.

Marie.

Sie kennen ja meinen Onkel in seiner Schwäche für medicinische Kuren. — Er ist in die Hände eines Doctors gefallen, den ich für wenig gewissenhaft halte. Ich wollte Sie bitten, diese Recepte durchzusehen, vielleicht sind Sie im Stande, daraus über seine Kenntnisse zu urtheilen. (Ueberreicht ihm Recepte.)

Wehlau.

Das hat der Mann in den paar Tagen Alles verschrieben?

Marie.

Ach, es sind noch nicht alle, ich nahm diese nur zur Probe mit!

Wehlau (hat die Recepte durchgesehen).

Hahaha! Das ist aus einem alten Arzneibuch abgeschrieben. — Der Herr College scheint bei der Quantität seiner Verschreibungen ein Compagniegeschäft mit dem Apotheker zu treiben.

Marie.

Unser Haus gleicht wirklich einer Arznei-Niederlage —! Zum Glück haben die Verordnungen bisher nur dem Joli der armen Tante geschadet. — Aber denken Sie, welche schreckliche Folgen auch für den Onkel entstehen können!

Wehlau.

Nun, sein Sie außer Sorge, — gefährlich sind diese Arzneien nicht, ich werde versuchen, diesem Wunderdoctor beizukommen. Doch wie geht es mit Ihrem Befinden?

Marie.

O, ich danke, sehr gut; das heißt — nein — nicht gut eigentlich!

Wehlau (ergreift ihre Hand).
Sie scheinen noch leidend!
Marie.
Nein, nein!
Wehlau.
Entziehen Sie mir diese reizende Hand nicht; ich habe mich lange darnach gesehnt, Ihnen zu sagen, wie wehe es mir gethan, daß ich mit Ihrem Onkel auch eine so liebenswürdige Patientin verloren habe. —
Marie.
Sie hätten sich wirklich für mich interessirt?
Wehlau.
Glauben Sie mir, meine Geduld mit Ihrer Familie wäre schon lange zu Ende gewesen, wenn ich Sie nicht wirklich für leidend gehalten und geglaubt hätte, Ihnen nützlich sein zu können. Doch nach dem, was zuletzt geschah — —
Marie (schnell).
O, Sie thaten ganz recht. — Wenn jeder Mann die Pflicht hat, das Gewissen als Richtschnur seiner Handlungen zu nehmen, um wieviel mehr ein Arzt, der ja nur dadurch den Grad von Vertrauen erlangen kann, von dem seine ganze Stellung, seine Ehre abhängt —! —
Wehlau (bei Seite).
Wie schön sie ist!
Marie.
Sie durften nicht anders handeln, und ich liebe — ich — schätze Sie nur desto höher —
Wehlau (küßt ihre Hand).
Welche reizende Vertheidigerin! (Hält ihre Hand in der seinen.) O, wenn Sie wüßten, wie selig mich dieser Augenblick macht!
Marie.
Wie Ihre Hand zittert!
Wehlau.
Ja, die ihrige zittert auch!
Marie (verwirrt).
Nur immer, wenn ich sie Ihnen gebe. —
Wehlau.
Mein Gott, Marie, — wäre es möglich — — (Legt den Arm um ihre Taille.)
Dorothea
(für sich, ohne Wehlau und Marie zu betrachten).
Er tanzte so niedlich, der kleine Joli!

Wehlau.
Ja, ja, lassen Sie mich es aussprechen, — daß ich Sie von ganzem Herzen liebe!

Marie (lachend).
Und Sie hielten mich für ernstlich krank?

Wehlau.
Ja, in der Liebe hört die Wissenschaft auf! (Es klingelt draußen.)

Marie (sich loswindend).
Himmel, wenn mich Jemand jetzt hier träfe!

Wehlau.
Seien Sie unbesorgt, ich werde nicht öffnen.

Marie (ängstlich).
Nein — nein. (Stärkeres Klingeln draußen.)

Wehlau.
Treten Sie gefälligst einen Augenblick in das Neben=zimmer, ich werde dafür sorgen, daß Sie sogleich Alles frei finden.

Marie (zu Dorothea tretend).
Liebe Tante —

Dorothea (steht auf).
Was denn?

Marie.
Bitte, bitte, komm' nur! — (Nimmt sie bei der Hand und führt sie nach rechts.) Schnell —

Dorothea.
Ja, ich begreife aber nicht — (Klingelt stärker draußen.)

Wehlau.
Bitte, da nicht, in dem Zimmer sind meine anatomischen Präparate! Hier! — (Führt Beide links ab.)

Dritte Scene.

Wehlau. (Dann) **Wendel** (durch die Mitte).

Wehlau.
Gleich, gleich! — Ein Arzt hat nicht einmal Zeit, seine Familien=Verhältnisse zu besorgen. (Es klingelt anhaltend.) Gleich, gleich! (Geht zur Mittelthür und öffnet.)

Wendel (etwas erregt).
Ah, guten Morgen, lieber Freund!

Wehlau.
Wendel, das konnte ich mir denken.

Wendel
(ist nach vorn gekommen und hat seinen Hut auf den Tisch rechts gestellt).

Wie geht's, Freundchen? Ich freue mich, Dich zu treffen, ich habe viel mit Dir zu reden.

Wehlau
(nimmt Wendel's Hut vom Tisch links).

Und ich habe grade jetzt keinen Augenblick Zeit, ich bin sehr beschäftigt — wirklich, da — (Giebt ihm seinen Hut.)

Wendel
(stellt den Hut wieder auf den Tisch).

Ach, das sagen die Aerzte immer; das thut auch nichts. — Heut muß der Geschäftsmann dem Freunde weichen, und da ich Dich als solchen liebe, will ich Dir mein ganzes Herz ausschütten.

Wehlau (hat den Hut wiedergeholt).

Ja, schütte immer zu, aber nachher — später — wir wollen uns im Kaffeehause treffen, da, — (giebt ihm den Hut) in einer Stunde! Dann kannst Du ausschütten!

Wendel
(stellt den Hut wieder auf den Tisch).

In einer Stunde, nein, das geht nicht, mir ist gerade der jetzige Augenblick unendlich wichtig; man soll das Eisen schmieden, wenn es warm ist.

Wehlau
(hat den Hut wieder geholt und giebt ihn Wendel).

Nun ja doch, wenn ich Dir aber sage, daß ich —

Wendel (Hut nehmend).

Wo kommen denn die vielen Hüte her? Ich habe Dir nun schon drei weggesetzt.

Wehlau.

Nein, ist der Mensch wieder zerstreut!

Wendel
(legt den Arm um seine Schulter).

Hör' mich nur 'mal ruhig an.

Wehlau.

Nun, meinetwegen, aber schnell, wenn ich bitten darf.

Wendel.

Du weißt, lieber Bruder, daß ich eigentlich ein schüchterner Mensch bin.

Wehlau (kurz und ungeduldig).

Ja wohl —

Wendel.

Das ist aber eigentlich nur äußerlich, verstehst Du?

Wehlau.

Vorwärts — vorwärts!

Wendel (wie vorher).

Sieh', als ich noch ein Kind war, so von vier Jahren, freuten sich alle Menschen über meine Dreistigkeit und Kühnheit; das wird einmal ein Mann werden, hieß es, und ich bekam ein solches Renommée, daß schon in meinem achten Jahre — —

Wehlau.

Thu' mir den einzigsten Gefallen und wachse etwas schneller!

Wendel.

Ich begreife nicht, wie Du heute bist.

Wehlau.

Du bist bodenlos langweilig. — Was willst Du denn eigentlich?

Wendel.

Aber ich muß Dir doch systematisch auseinandersetzen —

Wehlau.

Du bringst mich zur Verzweiflung. Kannst Du mir denn nicht schnell sagen, was Du willst?

Wendel.

Ich wollte Dich bitten, mir Deine Wohnung auf eine oder zwei Stunden zu überlassen.

Wehlau.

Meine Wohnung?

Wendel.

Ja, es ist durchaus nöthig, Du kannst aber auch dableiben —

Wehlau (ironisch).

Wirklich? — Du bist sehr gütig!

Wendel.

Du mußt sogar dableiben.

Wehlau.

So — und können wir denn das nicht bis morgen lassen?

Wendel.

Nein, geht nicht, ich muß jetzt hierbleiben; das ist es ja eben, was ich Dir auseinandersetzen muß.

Wehlau.

Du bist mit Deinen Auseinandersetzungen unausstehlich! (Bei Seite.) Ich muß wenigstens meinem Gefangenen Geduld einsprechen. (Laut.) Einen Augenblick! (Links ab.)

Vierte Scene.
Wendel (allein — dann) **Emma.**

Wendel.
Ich habe in meinem ganzen Leben noch kein Rendezvous gehabt, ich bin ordentlich aufgeregt. Ach, wenn ich gewußt hätte, daß das Heirathen so umständlich ist, ich hätte es doch lieber gelassen! — Halt, kommt da nicht Jemand? Wenn sie es wäre, ich bin schon wieder ganz ängstlich.
(Oeffnet die Mitte.)

Emma
(durch die Mitte in Hut und Mantille, sieht sich um).
Nun, mein Herr? —

Wendel (verlegen).
Es ist recht hübsch kühl hier!

Emma.
Sie sind allein, — das ist gegen die Verabredung. — Ich willigte nur ein unter der Bedingung, daß der Herr Doctor Zeuge unserer Unterredung sei. So muß ich wieder fort!

Wendel.
Nein, nein — bitte, er ist ja hier, Sie kommen nur etwas zu früh.

Emma.
Daß Sie doch immer Confusionen machen müssen.

Wendel.
Ja, in der That, ich bin etwas konfuse, aber es ist doch nur Ihrethalben! — Sie müssen mir das verzeihen, meiner Liebe wegen.

Emma.
Halt, mein Herr — kein Wort jetzt weiter — ohne Doctor!

Wendel.
Nein, nein, entschuldigen Sie — dort ist er drin, ich werde ihn gleich rufen. (Bleibt stehen.)

Emma.
Aber nur schnell!

Wendel.
Ja, gleich, gleich. — (Bleibt stehen.)

Emma.
So gehn Sie doch!

Wendel.
Entschuldigen Sie, ich habe ihm nämlich noch gar nichts gesagt, ich will ihn erst vorbereiten! —

Emma.
Dann werde ich gehen! (Will fort.)
Wendel.
Nein, bitte, treten Sie einen Augenblick in jenes Zimmer, ich rufe ihn. (Auf das Zimmer links deutend.)
Emma.
Nun — meinetwegen — (im Abgehen) aber lassen Sie mich nicht so lange warten. (Rechts ab.)
Wendel.
Nein, gewiß nicht. — Gott sei Dank, nun scheint ja die Sache endlich in Ordnung zu kommen. Jetzt zum Doctor! (Will nach links.)
Emma
(stürzt aus dem Zimmer rechts, ganz aufgeregt, mit einem furchtbaren Schrei).

Ach, mein Gott, wie haben Sie mich so erschrecken können!
Wendel (erschrocken).
Was ist denn geschehen?
Emma.
In dem Zimmer steht ja ein Skelett! — (Zitternd) Ich zittere am ganzen Leibe!
Wendel.
Entschuldigen Sie, daran habe ich nicht gedacht.
Emma.
Das sieht Ihnen ähnlich!
Wendel.
Das Skelett? —
Emma.
Nein, dieser entsetzliche Schreck — mir wird ganz schwach. (Sinkt in einen Stuhl.)
Wendel.
Herr des Lebens!
Emma.
Ach, ach! —
Wendel (sehr unruhig).
Was fang' ich denn an? Haben Sie nur die Gewogenheit und werden um Gotteswillen nicht ohnmächtig! (Läuft umher.) Ist denn nicht irgend etwas hier? (Hat ein Fläschchen vom Tisch genommen und läßt Emma daran riechen.) Jetzt macht sie gar die Augen zu. — Wo wohnt denn nur schnell in der Nähe ein Doctor — ach, richtig — Wehlau — (Läuft nach links, öffnet die Thür, prallt zurück.)

Fünfte Scene.

Vorige. Wehlau. (Dann) **Marie. Dorothea.**

Wehlau (ärgerlich).

Mensch, bist Du denn wahnsinnig? (Läßt die Thür offen.)

Wendel.

Nein, sieh' nur. (Zeigt auf Emma.)

Wehlau.

Wie — was ist denn geschehen?

Wendel.

Es wurde ihr so miserabel — ich ließ sie hieran riechen, (giebt ihm das Fläschchen) dann war sie weg.

Wehlau.

Chloroform! (Geht schnell zu Emma.)

Wendel.

Ach, Du meine Güte — jetzt ist Alles aus. (Setzt sich den Hut auf und sinkt in einen Stuhl.)

Wehlau.

Erholen Sie sich nur, mein Fräulein.

Marie (von links).

Was — seh' ich recht — Emma, Du hier?

Wehlau.

Ja, Wendel war so frei, sie zu chloroformiren!

Emma,

(die sich erholt hat und aufgestanden ist).

Mir war so sonderbar. Wie kommst Du aber hierher? (Sprechen leise zusammen.)

Wendel.

Ja, das begreife ich auch nicht — sage mir doch nur, Wehlau, wie das Alles zusammenhängt. (Steht auf.)

Wehlau (komisch).

Fort, Du gefährlicher Confusionsrath, — komm' mir nicht zu nah'!

Wendel.

Erlaube doch nur, — daß ich Dir auseinandersetze — warum —

Wehlau.

Ich erlaube Dir gar nichts. Sei so gut, bleib' da stehen und sprich kein Wort weiter; das ist das einzige Mittel, daß Du keine neue Thorheiten machst!

Wendel.

Aber —

Wehlau (zu Marie und Emma).

Still! Entschuldigen Sie, meine Damen — Es wird das Beste sein, wir lassen jetzt alle Erklärungen — die Hauptsache ist, daß wir jenen zweifelhaften Sanitätsrath entfernen.

Emma (zu Marie etwas spottend).
Ach so! — —

Wehlau (zu Marie).
Handeln Sie ganz so, wie wir verabredet haben — in einer Stunde folge ich Ihnen.

Emma.
Und was machen wir mit unserem Sanitätsrath dort?

Wehlau.
Den überlassen Sie mir — er soll Sie nicht lange mehr incommodiren.

Emma und Marie (durch die Mitte ab).

Sechste Scene.
Wendel. Wehlau.

Wendel.
Da bin ich immer noch so klug wie vorher! Sag' mir doch —

Wehlau.
Entschuldige — (bei Seite) die Tante haben wir vergessen! (Geht nach links, führt dann Dorothea nach der Mitte.)

Wendel.
Was! Hat er noch Jemand drin, — wahrhaftig — die Tante. (Macht Verbeugung.)

Dorothea (zu Wehlau).
Ich empfehle mich, Herr Doctor! (Durch die Mitte ab.)

Wendel.
Bringe sie nur erst Alle fort, — es sitzen ihrer gewiß noch ein Dutzend drin!

Wehlau.
Nein, Niemand mehr; doch jetzt ist es Zeit, daß wir zu Nagel gehen —

Wendel.
Ja, ja, gehen wir! (Hat seinen Hut immer aufbehalten, nimmt jetzt Wehlau's Hut, der auf dem Tische links steht.) Das laß ich mir gefallen.

Wehlau (suchend).
Wo ist denn mein Hut?

Wendel.
Ich habe meinen!

Wehlau.
Der gehört ja mir! (Nimmt ihn.)

Wendel.
Ja, wo ist denn aber meiner? (Sucht.) Es waren doch vorhin so viele da!
Wehlau.
Hahaha! Du hast ihn ja auf dem Kopfe!
Wendel (hinfassend).
Wahrhaftig — ich bin heute göttlich confus!
(Beide durch die Mitte ab.)

Verwandlung.
(Zimmer bei Nagel, eingerichtet wie im ersten Akt.)

Siebente Scene.
Nagel. Dorothea. Minna. Jette. Julius. Johann.
(Nagel, Dorothea, Julius, Minna sitzen; Johann und Jette stehen.)

Stellung.
Julius.   Johann.
Dorothea.   Jette.
Nagel.   Minna.

Minna
(mit verbundenem Kopf, während Jette ihr ein Riechfläschchen unter die Nase hält).
Ach, mein Kopf! —
Nagel (mit verbundenem Kopf).
Ach, mein Leib!
Julius (mit verbundenem Kopf).
Ach, mein Magen!
Dorothea.
Ach, mein Joli!
Minna.
Ich halt' es nicht mehr aus —!
Nagel.
Ich sterbe —!
Dorothea (zu Nagel).
Sagten Sie was?
Nagel (sehr laut).
Mir ist sehr schlecht!
Minna.
Schrei doch nicht so!
Nagel.
Ich bin schon ganz hin!

Dorothea
(nimmt eine beinahe leere Medicinflasche und Löffel).
Medicin! — Hier. (Will ihm geben.)

Nagel.
Lassen Sie mich, ich kann nicht mehr! — Brr!

Dorothea.
Noch mehr? — Es ist nichts mehr drin!

Jette.
Madame, die Stunde ist um, wenn's gefällig ist — (Reicht ihr eine Schachtel voll Pulver und Theelöffel.)

Minna.
Ich danke. (Nimmt ein.)

Johann
(hat einen sehr großen Löffel aus einer Flasche gefüllt, giebt Julius ein).
Nun kommt der zwölfte Löffel!

Julius.
Ah — das thut wohl!

Johann
(nimmt auch einen Löffel voll).
Das glaub' ich — wie rein Bairisch Bier —

Achte Scene.
Vorige. Qualm.

Qualm (durch die Mitte).
Guten Morgen, guten Morgen allerseits — wollte mich nur in aller Eile erkundigen, wie's Ihnen geht! — Gut, nicht wahr? Habe ich erwartet! —

Nagel.
Im Gegentheil, — wir befinden uns sehr schlecht. —

Qualm.
Schlecht —? vortrefflich — das hab' ich mir gleich gedacht! —

Minna. Nagel.
Wie? —

Qualm.
Ja, sehn Sie, meine verehrten Leidenden, mit der Krankheit eines Menschen geht's, wie mit dem Fuchs im Loch; wenn man ihn schießen will, muß er erst zum Loch heraus — das heißt, man muß die Krankheit erst heben, bevor man sie gründlich kuriren kann! Methodus americanum!

Nagel.
Diese Methode mag wohl für eine amerikanische

Constitution paſſen, aber für unſere deutſche iſt ſie doch wohl etwas zu ſtark! —

Qualm.

Gott bewahre! — die amerikaniſche Conſtitution iſt auch ſehr ſchwach!

Nagel (iſt aufgeſtanden).

Mein Seitenſtechen wird immer ſchlimmer.

Qualm
(faßt Beiden an den Puls).

Erlauben Sie 'mal Ihre werthen Pülſer! — Ah, bedeutend beſſer, als geſtern!

Johann.

Mit Herrn Julius geht es viel beſſer, Herr Sanitätsrath — die Medicin iſt ausgezeichnet!

Qualm.

Freut mich — ohne meine Medicin wären wir mit dem Patienten lange noch nicht ſo weit! —

Johann (bei Seite).

Dummer Kerl, wir haben ſie ja weggegoſſen! (Laut.) Ach, jetzt bin ich aber auch krank.

Qualm.

Was fehlt Ihm denn?

Johann.

Ich habe ſolche Schmerzen in den Hühneraugen. —

Qualm (gedankenlos).

Zeigen Sie 'mal Ihre Zunge! — (Antwortet nur durch Geſten zweifelhaft.) Jedenfalls laſſen Sie die Medicin noch einmal machen — die dunkelgrüne, und Sie, Madame, auch, ſämmtliche Recepte noch einmal — nehmen Sie hübſch pünktlich und fleißig ein — halten Sie ſich gut — werde Morgen wiederkommen, ich habe große Eile! (Nimmt Hut und Stock.)

Nagel.

Sie wollen doch nicht ſchon fort?

Qualm.

Ja — wohl — ich habe noch unendlich viel Geſchäfte. Alles reißt ſich nach mir. Humbugh hier, Humbugh da. Lauter Humbugh! Und dann habe ich auch noch nicht gefrühſtückt.

Nagel.

Ach, das können Sie ja hier, — beſorge ein Frühſtück, Johann!

Johann.

Schön! (Ab durch die Mitte.)

Qualm
(legt Hut und Stock ab).

Wenn Sie meinen —

Nagel.

Und Du, Julius, zeige dem Herrn Sanitätsrath unsern Weinkeller, hier sind die Schlüssel. Sie suchen sich wohl selbst ein Fläschchen aus! (Giebt ihm Schlüssel.)

Julius
(nimmt schnell die Binde vom Kopf).

Ja, Papa!

Qualm.

Aussuchen? Gut! Ich bin Kenner. (Bei Seite.) Kellerschlüssel! Das ist endlich einmal ein gesunder Einfall von dem Manne! Kommen Sie! (Ab mit Julius durch die Mitte.)

Neunte Scene.
Nagel. Emma. Minna. Marie.

Nagel.

Der Doctor bleibt doch noch da, wenn man elend ist! (Setzt sich links.)

Marie
(durch die Mitte, legt ab, bei Seite zu Emma).

Jetzt heißt es, operiren! (Laut.) Nun, wie geht's, lieber Onkel? —

Nagel.

Wie geht's — wie geht's! was das für Fragen sind?

Minna.

Ihr seht ja, daß wir Beide liegen.

Nagel.

Ich habe aus dem Buch vom Sanitätsrath zwei neue Krankheiten an mir entdeckt.

Emma (hat Hut rc abgelegt).

Sieh' nur, Mama, was ich für schöne Proben mitgebracht habe. (Geht zu Minna, zeigt ihr Kleiderstoffmuster.)

Minna.

Proben? —

Emma.

Ja — und Spitzen habe ich eingekauft — hier — (Zeigt ihr Spitzen.)

Minna.

Spitzen? (Richtet sich auf und nimmt das Tuch vom Kopf.) Laß doch sehen, ah — die sind ja sehr schön — und so breit.

Emma.

Ueber eine viertel Elle, denke nur, und so billig. — —

Marie,
(die bei Nagel stand, sich zu Minna wendend).

Dein braunes Kleid damit besetzt — müßte reizend aussehen! —

Minna (voll Interesse).
Da habt Ihr ganz Recht, Kinderchen!

Emma.
Das paßte wohl nicht zu dem Ball bei Herrn von Silberstein!

Nagel.
Hat sich was zu ballen. — Silberstein ist beinah' eben so krank, wie ich!

Marie (zu Minna).
Ja, denke Dir, Tante, es ging doch mit seiner Gesundheit so schlecht; nachdem er aber zwei Aerzte zu einer Consultation berufen, haben sie sein Leiden erkannt und jetzt ist er ganz hergestellt. Der Ball wird wirklich stattfinden!

Nagel,
(der aufmerksam zugehört hat, bei Seite).
Eine Consultation! — (Steht auf.) Donnerwetter — hab' ich noch nicht versucht!

Marie.
Wie? —

Nagel.
Das ist ja eine reizende Idee! Sonderbar, daß ich daran noch nicht gedacht habe. — Ich will auch eine Consultation — die kann ich haben — ich muß eine haben.

Marie.
Zwei Aerzte sehen allerdings immer mehr, wie einer. —

Nagel.
Was meinst Du zu einer Consultation, Minna? —

Minna,
(die mit Emma sehr beschäftigt ist).
Laß mich! Ich bin augenblicklich zu sehr beschäftigt, lieber Nagel! (Zu Emma.) Komm', mein Kind, wir werden messen, wie viel wir hiervon gebrauchen. (Rechts ab.)

Emma
(im Abgehen zu Marie).
Es geht gut! Ich beichte jetzt der Mama. — (Folgt ihr.)

Nagel.
Aber wo nur schnell noch einen Arzt hernehmen?

Marie.
Ja, und es müßte doch Einer sein — der Deinen Zustand sehr genau kennt!

Nagel.
Das wäre allerdings nur Wehlau, und der — der wird nicht kommen — recht fatal!

Marie.
Ich fürchte es auch!

Nagel.
Ach was, — versuchen könnte man's doch. — Was meinst Du?
Marie.
Nun, wenn Du willst, schick' ich hin!
Nagel.
Ja, ja, mein Kind, thu' das, — die Jette mag gehn — die kann recht hübsch freundlich thun. (Als Marie gehen will.) Nein, — schicke doch lieber den Johann — er soll nicht eher fortgehen, bis der Doctor mitkommt! (Als Marie fort will.) Nein, Du — laß doch lieber die Jette gehn — der Johann ist zu sehr forsch — ich ließe recht sehr bitten, — hörst Du, recht höflich!
Marie.
Schön, schön! (Bei Seite.) Das ist Alles, was wir wünschen. (Durch die Mitte ab.)
Nagel
(sich vergnügt die Hände reibend).
Eine Consultation — das wird herrlich werden! Wenn sie nun mit 'nem quatre mains meine Krankheit auch noch nicht finden — dann begreif's ich's nicht! Ich habe meine Schuldigkeit gethan.

Zehnte Scene.
Qualm (leicht angeregt).
Es geht doch nichts über so ein kleines feuchtes Frühstück. Das erfrischt die Nerven und stärkt das Blut! Ihr Weinkeller ist famos — dieser 57er Traminer hat was in sich!
Julius (etwas angehaucht).
Da, Papa! — ich habe Dir auch eine mitgebracht —! Mir ist schon wieder ganz schlecht!
Nagel.
Ach — Du armer Junge, — daran ist gewiß die feuchte Kellerluft Schuld — nicht wahr, Herr Sanitätsrath?
Qualm.
Leicht möglich — feuchte Kellerluft wirkt häufig benebelnd auf den menschlichen Körper!
Nagel.
Geh' nur gleich auf Dein Zimmer, mein Sohn!
Julius.
Ja, Papa —
Nagel.
Der Herr Sanitätsrath kann Dir gleich etwas verschreiben.

Qualm.
Ja wohl, ja wohl, einige Seidel Bairisch Bier —
Nagel.
Bairisch Bier?
Qualm.
Ja, — zum Einreiben, mein' ich — (Sich fassend.) Probatum est, ich sag' Ihnen, bei solchen Fällen sind Einreibungen der Magenhöhle mit bairischem Bier ganz vorzüglich; Sie können übrigens auch Hoff'sche Malzertract-Auflösung, aber nur neue nehmen, das ist ganz dasselbe, nur etwas theurer!
Johann
(hat während der letzten Scene eine Flasche Wein und zwei Gläser auf den Tisch rechts gesetzt).
Nagel.
Johann, geh' mit Julius und besorge die Einreibungen.
Julius,
(indem er mit Johann abgeht).
Prost — alte Schraube!

Eilfte Scene.
Nagel. Qualm.

Nagel.
Ihnen habe ich übrigens eine Ueberraschung bereitet, Herr Sanitätsrath!
Qualm.
Sie sind doch nicht gesund geworden?
Nagel.
Leider nein, im Gegentheil — ich fühle mich so elend, — daß mir eine Consultation sehr wünschenswerth wäre. —
Qualm (erschrocken).
Consultation?! (Bei Seite.) Der Mann ist wirklich gesund!
Nagel.
Ich habe eigentlich zwei Gründe dafür — erstens mein eigener Zustand, und dann Ihrethalben — um Ihnen Gelegenheit zu geben, so einen Doctor, der nichts weiß und nichts versteht, gehörig abzuführen. —
Qualm (betroffen und zögernd).
Hm — ja — das wäre mir eine Kleinigkeit; aber Sie, mein Bester, Sie leiden darunter.
Nagel.
Leiden?! — Ich denke grade dabei zu gewinnen! —

Qualm.

Falsch, mein Bester — falsch — Sehen Sie, eine derartige Consultation kommt mir vor, wie eine Auster. Die beiden Schalen sind die Aerzte, und der leckere Kern, die Auster selbst, ist der Patient. — Zuerst kommen alle Drei zusammen und der Patient sitzt mitten drin. — (Mit den Händen klatschend.) Nun gehen die beiden Schalen, resp. die Meinungen der beiden Aerzte auseinander — (immer mit den Händen darstellend) und die Auster geht drauf!

Nagel.

Herrliches Bild! — Aber es kommt doch auch vor, daß die beiden Aerzte einer Meinung sind?

Qualm
(entschieden und schnell).

Nie! Nie!

Nagel.

Oh! —

Qualm.

Wenn zwei Aerzte zusammen sind, haben sie mit ihren Prinzipien so viel zu thun — daß der Patient eigentlich Nebensache ist!

Nagel.

Ich habe es mir aber einmal in den Kopf gesetzt — und dann ist der Doctor auch schon bestellt!

Qualm.

Was — bestellt — heute schon?

Nagel.

Ja, — er wird gleich kommen!

Qualm (bei Sette).

Da werd' ich so frei sein, mich gleich zu drücken. (Nimmt Hut und Stock.) Heute habe ich wahrhaftig keine Zeit, — bin zu beschäftigt — muß auch meine Messer noch schleifen!

Nagel (ängstlich).

Ihre Messer?

Qualm (verlegen, stotternd).

Ja — ja — zu einer Operation! — Sehn Sie, auch die Folge einer Consultation!

Nagel (erschreckt).

Herr Gott!

Qualm.

Ja, Schneiden ist mein Element! Wenn der Andere für's Schneiden ist, ich schneide mit!

Zwölfte Scene.

Vorige. Johann (durch die Mitte. Dann) **Wehlau.**

Johann.

Herr Doctor Wehlau!

Nagel (zu Qualm).

Das ist der Ignorant!

Qualm (bei Seite).

Mir wird ganz blümerant!

Wehlau (durch die Mitte).

Auf Ihren dringenden Wunsch erscheine ich heute noch einmal bei Ihnen. —

Nagel.

Sehr gütig, sehr gütig! — Sie sollen sich heute selbst überzeugen, daß ich nicht eigensinnig und eingebildet, sondern wirklich krank bin. (Vorstellend.) Herr Doctor Wehlau, Herr Sanitätsrath Humbugh! —

Qualm.

Aeußerst angenehm!

Wehlau.

Guten Morgen!

Nagel (zu Wehlau).

Sie wissen ja, worum es sich handelt — (Ihn bei Seite nehmend) aber um Eins bitte ich) — das mach' ich mir bestimmt aus. —

Wehlau.

Nun? —

Nagel.

Nicht schneiden, hören Sie!

Wehlau (lächelnd).

Schneiden?! (Qualm firirend.) Sein Sie unbesorgt. (Bei Seite.) Wenn sich dabei nur heute nicht ein Anderer schneidet. (Legt den Hut ab.)

Nagel.

Johann — zwei Gläser für die Herren.

Johann (arrangirt den Tisch).

Nagel (zu Qualm).

Machen Sie ihn gründlich.

Qualm.

Allergründlichst!! — Ich mache ihn todt!

Nagel.

So, meine Herren — ich lasse Sie jetzt allein, — Sie sind hier ganz ungestört! (Geht zur Thür links, bei Seite.) Wenn sie aber doch schneiden wollten — es ist am Ende besser, ich horche. — (Thut, als ob er die Thür öffne und schließe, und geht dann leise hinter die spanische Wand.)

Qualm und Wehlau
(haben inzwischen die kleine Pause durch stummes Spiel ausgefüllt).

Qualm (bei Seite).

Jetzt Keckheit, steh' mir bei. (Zu Wehlau.) Recht angenehmer Tag heute.

Wehlau (ernst).

Ja, aber kurz, und deshalb denke ich, kommen wir gleich zur Sache. Also, wenn's gefällig ist, setzen wir uns.
(Setzen sich rechts.)

Qualm.

Ja, setzen wir uns, und nehmen erst eine kleine Herzstärkung. (Schenkt ein.) Der Stoff ist gut, ich habe ihn an der Quelle probirt.

Wehlau.

Also beginnen wir! — Sie werden damit einverstanden sein, daß zunächst die Basis unserer Consultation hergestellt wird!

Qualm (bei Seite).

Basis herstellen aha, Nagel leidet an der Basis — gut, daß ich das weiß. (Offerirt Prise, laut.) Ist's gefällig?

Wehlau.

Danke. — Wie denken Sie darüber?

Qualm.

Vollkommen richtig, Herr College! (Trinkt.) Ganz meine Ansicht. Mit der Basis bin ich einverstanden — aber herstellen — ist nicht! — (Trinkt.)

Wehlau (bei Seite).

Er wird zu viel trinken, desto besser, — in vino veritas!

Qualm.

Aber Sie trinken ja gar nicht, Herr College? —

Wehlau.

O doch — ich trinke schon — und zwar auf das Wohl des Herrn Nagel und auf dessen baldige Genesung.

Nagel
(steckt den Kopf über den Schirm, freundlich leise).

Danke, danke!

Qualm
(immer trinkend und jovialer werdend).

Genesung? — Herr College, verderben Sie doch das Geschäft nicht, — solche Kunden findet man nicht alle Tage.

Wehlau (ironisch).

Sie scheinen guter Laune zu sein, Herr College, das

giebt mir den Beweis, daß Sie den Zustand unseres Patienten nicht für gefährlich halten!

Nagel (bei Seite).

Aha!

Qualm (horchend).

Halten Sie ihn für gefährlich?

Wehlau.

Nein! —

Qualm.

Ich auch nicht!

Wehlau.

Aber das Factum steht fest, — er fühlt sich unwohl. Es ist daher zu untersuchen, in welche Kategorie sein Leiden gehört — Halten Sie es für idiopathisch oder für deuteropathisch?

Qualm.

Idio — oder — deutero — (schnell) dieser 57er ist wirklich vorzüglich — diese Blume — süperb —

Wehlau.

Bleiben wir bei der Sache —! Sehn Sie die Krankheit für primitiv an? —

Qualm.

Ach, so lassen Sie doch die faule Krankheit, — das ist ja langweilig.

Nagel (bei Seite).

Nanu!

Qualm.

Waren Sie gestern im Theater? — Diese alte Grille der Mutter Birch=Pfeiffer ist doch ausgezeichnet.

Wehlau.

Es handelt sich hier nicht um die Grille, sondern um eine Analyse — die ist von Nöthen!

Qualm.

Von Nöthen?, Anna=Liese — erlauben Sie, — die ist von Hersch — Aber trinken Sie doch!

Wehlau.

Ich denke — ich habe genug!

Qualm.

Wie verkehrt — der Mensch kann nie genug kriegen! — (Wird immer berauschter.)

Wehlau.

Sie scheinen Alloopath zu sein?

Qualm.

Alloopath — Homöopath, Hydropath — ganz, wie Sie wollen, ist ja doch Alles nur ein Schwindel.

Wehlau.
Nun — Sie müssen doch nach einem System kuriren?!
Qualm.
System?! Ja, ja — natürlich — ich kurire meine Patienten alle durch die Krisis! —
Wehlau.
Was verstehen Sie unter Krisis?
Qualm.
Na, wir sind ja unter uns, Herr College — Das ist so zum Beispeil — wenn eine Menge Aerzte an 'nem Kranken herumgedoctort haben — ihn schließlich aufgeben und die Natur sich dann von selber hilft, das ist Krisis.
Wehlau.
Medicin scheint der Herr College nicht studirt zu haben! —
Qualm.
Studiren ist auch ein überwundener Standpunkt — Natur ist Hauptsache — das ist der wahre Jakob! —
Wehlau.
Aber wo lernten Sie Pharmakopie — Chemie?
Qualm.
Chemie?! O, damit sind wir drüben viel weiter, wir machen vermittelst Chemie sogar Geld —! —
Wehlau.
Drüben? Geld —?!
Qualm.
Ja — Silber! Zum Beispiel: man nimmt Tausend=guldenkraut und leitet Sauerstoff darüber — in Folge dessen bildet sich Sauerkraut und die Tausend Gulden bleiben übrig!
Wehlau (bei Seite).
Hahaha! Solche Geldfabriksorten haben wir in Europa auch. (Laut.) Indessen kommen wir zur Hauptsache, zum Leiden des Herrn Nagel!
Nagel (bei Seite).
Ja — ja!
Qualm.
Aber so seien Sie doch nur vernünftig, — dieser alte Nagel ist ja ein Narr!
Nagel (bei Seite).
Narr? —
Qualm.
Sagten Sie etwas?!
Wehlau.
Nein — Sie sagten was.

Qualm.

Ja, ja, ein richtiger Narr — aber ein wahres Kleinod für einen Hausarzt, Herr Collège; so zu sagen eine Pumpe, die nie versiecht. — Solche Leute muß man durch Unmassen von Medicamenten so lange schröpfen — bis sie — — ganz auf den Hund kommen; nun giebt man einige Tage nichts, bis sie wieder gesund sind, — und fängt später mit der Medicin wieder von vorne an!

Nagel (bei Seite).

Herr Gott! —

Wehlau (ernst).

Und das ist Ihr Ernst?

Qualm.

Na freilich! Mein vollständiger Ernst! — Sie sind ein junger Mann, ich rathe Ihnen, machen Sie's ebenso und Sie werden immer gute Geschäfte machen!

Wehlau (steht auf).

Jetzt ist's genug! In Amerika mag solch' frecher Schwindel zu Hause sein, aber ein braver deutscher Arzt, der es ehrlich mit der Wissenschaft meint, weist solche Machinationen mit Entrüstung zurück! (Steht auf.)

Qualm (ist auch aufgestanden).

Nanu — seien Sie so gut.

Wehlau.

Sie sind ein erbärmlicher Quacksalber, der sich hier eingeschlichen hat, aber ich komme, Gott sei Dank, noch zur rechten Zeit. Herr Nagel ist wirklich krank, weil er sich einbildet, krank zu sein; frische Luft, Arbeit, Bewegung thun ihm Noth, und sind die einzigen Mittel, ihn zu retten. Folgt er aber Ihnen, so trifft ihn binnen vier Wochen der Schlag!

Nagel

(hat über die Wand gesehen, beugt sich erschrocken vor, und fällt bei dem Worte Schlag, mit der Wand um).

Herr Gott! —

Wehlau (bei Seite).

Er hat gehorcht, desto besser! (Will Nagel aufhelfen.)

Qualm.

Armer gefallener Greis! (Will Nagel ebenfalls aufhelfen.)

Nagel.

Lassen Sie mich zufrieden!

Qualm.

Der Mann ist auf den Kopf gefallen, Nervenschlag — da müssen wir gleich einen kleinen gemüthlichen Aderlaß —

Nagel.

Bleiben Sie mir vom Leibe, Sie Blutsauger!

Qualm.

Nur Tare. Kostet nur sieben und ein halben Silbergroschen! (Zieht eine Lanzette und Binde aus der Tasche.)

Nagel (stößt ihn zurück).

Kommen Sie mir nicht zu nah'! Johann! Minna! Marie! Hülfe! Doctor — retten Sie mich!

Dreizehnte Scene.

Wendel. Minna. Marie. Emma. Dorothea. Johann.

Alle.

Was giebt's? Was ist denn?!

Wehlau (zu Qualm).

Das Beste ist, Sie entfernen sich!

Qualm.

Entfernen? Bitte, was wollen Sie? Ich bin Sanitätsrath, hier habe ich zu sagen. (Zu Nagel.) Das ist wieder so ein Delirier, wir werden ihm Eis-Umschläge verordnen!

Wehlau.

Und ich werde Ihnen, wenn Sie nicht augenblicklich gehen, gleich einige Polizisten verordnen!

Qualm (Alle ansehend).

Uebrigens begreife ich gar nicht, was Sie wollen!

Wehlau (zu Nagel).

Wie sind Sie nur zu diesem Charlatan gekommen?

Qualm.

Charlatan? Nur nicht ängstlich. Diese faulen medicinischen Witze kennen wir schon — asinus asinum. Außerdem ist dieser vernagelte Nagel noch lange nicht hergestellt!

Wehlau.

Aber klug gemacht.

Nagel (zu Wehlau).

O — ja — ja, Herr Doctor, seit dieser Stunde gewiß! — Wer ist aber dieser Mensch? —

Alle.

Ja, ja, wer ist der Mensch?

Wendel (vortretend).

Mein Barbier!

Alle.

Barbier?!

Qualm (bei Seite).

Lieber Herr Wendel! — Ich bin futsch! (Laut.) Ja,

alter Nagel, ich war so frei, Sie zu barbieren, aber wahrhaftig nicht aus böswilliger Absicht — nur Ihre versprochenen hundert Thaler Belohnung!

Nagel.

Also die haben Sie gereizt? (Lachend.) Na, Sie sollen sie haben.

Qualm.

Weichherziger Nagel!

Vierzehnte Scene.
Vorige.

Nagel.

Aber Sie, lieber, guter Doctor, Sie verlassen mich nicht wieder, nicht wahr? Ich werde auch Alles thun, was Sie sagen, — selbst arbeiten, wenn ich nur gleich wüßte was?

Wendel.

Haben Sie meine Bilanz vielleicht schon —

Wehlau (Wendel zurückdrängend).

Bitte! (Zu Nagel.) Mein Freund Wendel hat ein großes Geschäft. — Ihre Erfahrung würde ihm wesentlich nützen. Helfen Sie ihm arbeiten.

Wendel (sich verbeugend).

Sehr schmeichelbar!

Wehlau.

Er liebt Ihre Fräulein Tochter. Richten Sie den jungen Leutchen bald die Hochzeit aus. Da haben Sie gleich etwas zu thun.

Nagel (zu Minna).

Was sagst Du dazu, Minna?

Emma (schnell).

O, Mama hat schon Ja gesagt!

Nagel (zu Wendel).

Nun denn, in Gottes Namen, Schwiegersohn und Compagnie. (Giebt Emma und Wendel zusammen.)

Wendel.

Sehr gütig, sehr gütig! Ich habe die Ehre, mich zu empfehlen. (Will fort.)

Wehlau.

Mensch, wo willst Du denn hin?

Wendel.

Ich habe ja keinen Frack an!

Alle (lachen).

Nagel.

Ach was, Frack, sein Sie froh, daß Sie meine Tochter haben.

Wendel.
So will ich wenigstens eine weiße Cravatte umbinden. (Bindet sich im Hintergrunde eine weiße Cravatte um, die er aus der Tasche zieht.)

Nagel.
Kurioser Mensch! (Zu Emma.) Aber wird auch der Doctor nicht plaudern? Dann sind wir blamirt.

Emma.
Er müßte auch in unsrer Familie bleiben! Da ist noch Ihre Nichte, lieber Vater — Seh'n Sie doch nur —

Wehlau
(ist inzwischen zu Marie getreten und unterhält sich sehr warm mit ihr).

Nagel (sich nach links umsehend).
Wär's möglich! — Hör' 'mal, Kindchen! Thu' mir's zu Gefallen, nimm den Doctor — Deinem kranken, wollte ich sagen, Deinem gesunden Onkel zu Liebe.

Marie.
Ich bin Ihnen ja immer folgsam gewesen. (Giebt Wehlau die Hand.)

Wehlau (ihr die Hand küssend).

Qualm.
Sehen Sie 'mal, würdiges, gewesenes Kranken-Oberhaupt — hat sich noch Alles ganz charmant gemacht. Hören Sie! Wenn Sie recht gesund bleiben wollen, essen und trinken Sie brav — und — schaffen Sie den Andern da, (auf Wehlau) als Doctor auch ab. Alles Schwindel! Schwindel! Lauter Humbugh! (Er geht unter Bücklingen und unter Lachen der Uebrigen ab.)

(Der Vorhang fällt.)